修訂版

中學生文學精讀・李白

璧華　選注

責任編輯　　朱卓詠

書籍設計　　吳冠曼

書籍排版　　楊　錄

書　　名　　**中學生文學精讀・李白**（修訂版）

選 注 者　　璧　華

出　　版　　三聯書店（香港）有限公司

　　　　　　香港北角英皇道 499 號北角工業大廈 20 樓

　　　　　　Joint Publishing (H.K.) Co., Ltd.

　　　　　　20/F., North Point Industrial Building,

　　　　　　499 King's Road, North Point, Hong Kong

香港發行　　香港聯合書刊物流有限公司

　　　　　　香港新界荃灣德士古道 220-248 號 16 樓

印　　刷　　美雅印刷製本有限公司

　　　　　　香港九龍觀塘榮業街 6 號 4 樓 A 室

版　　次　　2022 年 5 月香港第一版第一次印刷

規　　格　　特 16 開（150 × 210 mm）256 面

國際書號　　ISBN 978-962-04-4938-3

© 2022 Joint Publishing (H.K.) Co., Ltd.

Published & Printed in Hong Kong

目錄

凡例

　　一、本書精選詩人李白的代表作，供中學生、大專學生以及中國古典詩歌愛好者閱讀欣賞。

　　二、選詩盡可能按寫作年代先後為序，以俾讀者透過作品知悉作者的思想與創作的發展過程。

　　三、本書分題解、語譯、注釋、賞析等項，幫助讀者讀懂每首詩：

　　題解：解釋題意，揭示主旨，介紹時代背景、作者撰寫該詩時的思想與生活狀況，以及與作品有關的一些外緣資料。

　　語譯：文言語體並列，左右對照，方便讀者閱覽。譯詩保持詩的形式美：句子整齊，音韻和諧。

　　注釋：補充語譯中所無法表明者，盡量做到簡明扼要，一般不引經據典。

　　賞析：深入淺出地闡釋詩歌內涵，分析其表現手法。

筆落驚風雨　詩成泣鬼神

　　唐朝是中國詩歌的黃金時代。當時詩壇如秋夜的晴空，繁星密佈，李白是其中最燦爛的幾顆中的一顆。李白的詩歌成就可以從「詩聖」杜甫對他的崇高評價中看出：「白也詩無敵，飄然思不群」（《春日憶李白》）；「筆落驚風雨，詩成泣鬼神」（《寄李十二白二十韻》）。在杜甫筆下，李白是一個冠絕當代，風格獨特，作品具有巨大震撼力的天才詩人。

富傳奇色彩的一生

　　李白，字太白，號青蓮居士。生於唐武后長安元年（公元 701 年），卒於唐代宗寶應元年（公元 762 年）。他的一生充滿了濃厚的傳奇色彩。

　　李白自稱祖籍是隴西成紀（今甘肅省天水市），先世於隋末避罪流徙到西域。他就誕生於中亞碎葉城（今與新疆相鄰的吉爾吉斯斯坦的托克馬

克城附近，唐時屬於中國）。五歲時跟隨父親遷居蜀中，定居在綿州彰明縣清廉鄉（今四川省江油市青蓮鎮），李白在那裡度過了青少年時期。因此在作品中，他把蜀地稱為自己的故鄉。在《渡荊門送別》中，他把從三峽滾滾流來的長江水稱為「故鄉水」，還送他出蜀萬里遠行，可見他對四川的款款深情。

李白生長在一個道教氣息十分濃郁的家庭裡。父親李客輕視利祿，隱居山林。少年時代所讀的多以道家為主。他的啟蒙讀物就是道家五行方術之書《六甲》。他自述生平時說「五歲誦《六甲》」，還說「十五觀奇書」，「奇書」也是道家能役使鬼神之類的書，儒家正統書籍不可能有此稱謂。他十五歲開始就訪道求仙。道家避世、出世的思想給李白一生以巨大影響，不但影響了其為人行事，還影響其作品的內容與表現手法。

除道家書籍之外，當時他也閱讀了儒家以及其他各家的典籍，他說「十歲觀百家」，可見其所涉獵的廣泛。從李白作品中熟練地運用許多典故顯示出他學識的淵博。中國傳統社會裡的讀書人，不能不熟讀聖賢書，所以儒家的積極用世、建立功業的思想也深深地植根於他的腦際。

司馬遷在《史記》中所開創的「史傳」以及由此而演化出來的「雜史」「雜傳」（記實加上想像虛構和誇飾的史傳）作品對李白的影響是不可忽視的。像李白這樣一個自幼性格不受羈束的人，喜歡閱讀故事情節曲折、人物形象生動的史傳與雜史雜傳是自然的事。他的詩歌中的許多典故都是來自《史記》及《吳越春秋》。李白十五歲開始即學劍術，對打抱不平、負氣仗義的遊俠傾慕不已，並以行動仿效。在《贈從兄襄陽少府皓》中云：「結髮未識事，所交盡豪雄。……託身白刃裡，殺人紅塵中。」魏顥在《李翰林集序》中說他「少任俠，手刃數人」。由此可見少年時代的李白所受的思想影響是相當龐雜的。難得的是他一直到老均能對各種本來是互相矛盾的思想抱兼蓄並容、相互補充的態度。

二十五歲以前，是李白在蜀中讀書時期。十八歲以前在家裡，十八歲以後在匡山，一面隱居，一面讀書，在書中汲取各家的思想營養，擴充知識的領域，當然還向前人學習詩藝，用功磨礪，以期「作賦凌相如」。相如是西漢辭賦家司馬相如，李白在《古風・大雅久不作》中認為他與另一位辭賦家揚雄挽救了漢代詩歌（按：西漢視辭賦為詩）的頹敗局面，他們的作品代表了辭賦的巔峰，其餘波將激盪後世。李白想「作賦凌相如」，可見少年時期文學野心之大。

　　在具備了開拓自己事業的基本條件之後，開元十三年（公元725年），李白二十五歲時，便懷着雄心壯志，辭別家人，離開四川，出了三峽，奔向更為廣闊的天地，開始了他十六年（公元725至742年）的「漫遊求仕」時期。

　　出蜀之後，李白漫遊了湖北（襄陽）、湖南（洞庭湖）、江西（廬山）、江蘇（金陵、揚州），又回到湖北（安陸）。開元十五年（公元727年），李白二十七歲時，與故宰相許圉師的孫女結婚，遂定居該地。此後他曾入長安，隱居終南山。接着北遊河南（洛陽、龍門、嵩山）、山西（太原），東遊山東（泰山），再遊安徽（淮南）、湖北（襄陽）、浙江（會稽），足跡遍及大半個中國。

　　在上述期間，開元二十四年（公元736年）夏，李白攜眷從安陸移居東魯任城（今山東省濟寧市）。據他自己說是為了學劍：「顧余不及仕，學劍來山東。」（《五月東魯行答汶上翁》）

　　李白漫遊，一方面是為了訪道求仙，但主要的還是為了飽覽各處的名勝古跡，了解民間生活習俗與生存狀態，從中汲取靈感，創作出使自己得以名播海內的偉構，並藉此踏上仕宦之途，實現政治抱負。例如開元二十二年（公元734年），他遊襄陽時，曾拜訪荊州大都督長史韓朝宗，寫下了有名的《與韓荊州書》來自我推薦，說自己「雖長不滿七尺，而心

雄萬夫」（雖然身材不高，但雄心萬丈，無人可與匹敵），而且「日試萬言，倚馬可待」（一天能寫上萬字，文思十分敏捷），希望韓朝宗能給他機會，使之「揚眉吐氣，激昂青雲」。但是他得不到達官貴人們的賞識，輔佐君王，兼善天下的理想實現無門。在失望之餘，他惟有借酒澆愁；或隱居山林，等待君主的徵召。在當時皇帝經常下令各地長官薦舉隱逸之士，參與朝政，於是某些士子就可以有機會憑此青雲直上，以布衣而為卿相。而這，正是李白所夢寐以求的。

　　機會終於來臨了。由於李白文名遠播，加上友人的薦舉，天寶元年（公元 742 年）秋，唐玄宗徵召李白進京。詩人以為施展抱負的時機已到，內心無比欣悅自不待言：「仰天大笑出門去，我輩豈是蓬蒿人」（《南陵別兒童入京》）之句足以表現當時的心情。於是應詔奔赴長安，開始了他三年（公元 742 至 744 年）的「翰林待詔」時期。

　　初時，唐玄宗十分器重他，置於金鑾殿，出入翰林院，起草詔書，侍從遊宴。李白以為這只是暫時的，希冀有一天能登上最高權力中心，實現「濟蒼生」、「安社稷」之大志。但是他越來越發現他的地位和「俳優」（戲子）差不多，只是供皇帝消遣的工具而已。對於性格狂放不羈的李白來說，御用文人的任人呼之即來，揮之即去的生涯怎能忍受？他感到壓抑苦悶，遂縱酒以求精神解脫。終日飲得酩酊大醉，連皇帝的召喚也置若罔聞。對此杜甫有栩栩如生的描繪：「李白斗酒詩百篇，長安市上酒家眠。天子呼來不上船，自稱臣是酒中仙。」（《飲中八仙歌》）據云，他又嘗沉醉於宮殿上，伸足命權傾一時的宦官高力士為他脫靴。這種恃才傲物、蔑視權威的態度自然不容於朝廷。李白甚知此點，乃於天寶三載（公元 744 年）春上書請求辭去，唐玄宗亦以「非廊廟器」（沒有出任朝廷要職的才能）而賜金放他離開。李白懷抱極大的希望來到長安，卻以萬分頹喪的心情離開那裡。在《初出金門尋王侍御不遇詠壁上鸚鵡》一詩中，他

借鸚鵡抒發當時的情懷:「落羽辭金殿,孤鳴託繡衣。能言終見棄,還向隴西飛。」說自己空有一身才華,但不獲朝廷重用,反而「終見棄」,只好孤獨而失意地離開長安。結束了「三年長安仕宦」時期,這時李白已經四十四歲了。

離開長安後,李白開始了他的以梁園(今河南省)為中心的十年「再度漫遊時期」。

天寶三載三月,李白沿黃河而下,五月到洛陽,在那裡認識了比他小十一歲的杜甫。秋天,又在汴京(今河南省開封市)與邊塞詩人高適相晤,三人同遊梁宋(今河南省開封、商丘一帶)。第二年的春天和夏天,他們又相偕共遊齊魯(今山東省濟南、兗州一帶)。在此期間,他與杜甫結下了深摯的情誼。「醉眠秋共被,攜手日同行」(杜甫《與李十二白同尋范十隱居》)正是此一情誼的真實寫照。秋天,李白與杜甫在魯郡的石門(今山東省曲阜市東北)告別。杜甫赴長安,李白則繼續漫遊。十年間,他遊覽了江蘇、浙江、安徽、河北、河南、山西等地。天寶十四載(公元755年)十一月,「安史之亂」爆發,李白先避難剡中(今浙江省嵊州市一帶),不久隱居於廬山屏風疊。再度漫遊時期至此結束。

安祿山造反,很快就攻陷了洛陽。次年(公元756年)六月長安淪陷。唐玄宗十六子永王李璘以平定叛亂為號召,由江陵(今湖北省江陵縣)率水軍東下,路過九江時,三次去廬山聘請李白隨軍效命,做參謀、顧問、文書等工作。李白出於對叛軍濫殺無辜的憎恨(從《西上蓮花山》中的「俯視洛陽川,茫茫走胡兵;流血塗野草,豺狼盡冠纓」之句顯示出),想拯救民眾於水深火熱之中。同時他認為這正是他東山再起,一展抱負的良好時機。《永王東巡歌》其二中「但用東山謝安石,為君談笑靜胡沙」就抒發他這一情懷。再度漫遊時期的抑鬱苦悶此時已一掃而光。

但是李白高興得太早了。當李璘領軍東下時,皇太子李亨已在靈武

（今寧夏回族自治區靈武市）即位，即是唐肅宗。他看到李璘權勢擴張，有與自己爭奪帝位的野心，遂令其還蜀。李璘不從，乃消滅之。至德二載（公元 757 年），李白受牽連，獲罪被捕入潯陽（今江西省九江市）獄。出獄後，又判處長流夜郎（今貴州省桐梓縣一帶）。這時李白已經五十七歲。一向豁達的他，實在不堪此沉重打擊，不禁涕泣難已：「平生不下淚，於此泣無窮。」（《江夏別宋之悌》）逆境的折磨，使英雄氣短一至於斯，能不令人唏噓？

李白從潯陽啟程，乾元二年（公元 759 年），行至巫山（今重慶市奉節縣東），朝廷以關內大旱赦免罪犯，李白遇赦獲釋。他經過江夏（今湖北省武漢市武昌區）、巴陵（今湖南省岳陽市）、潯陽，回到豫章（今江西省南昌市）家中，後來又遊金陵，來往於歷陽（今安徽省和縣）與宣城（今安徽省宣城市）之間。

唐代宗寶應元年（公元 762 年）十一月，李白在當塗（今安徽省當塗縣）辭世，享年六十二歲。關於他的死，有一個美麗的傳說：醉酒之後入水捉月而去。死後初葬采石磯，後遵詩人遺志，改葬青山西麓，讓他與熱愛的大自然繼續為伴。

苦悶的象徵

文學是苦悶的象徵。李白的作品就映現了他懷抱的理想與複雜現實之間的重重矛盾所產生的苦悶。此一苦悶，伴隨其大半生。

李白二十五歲出蜀時撰寫的《大鵬賦》中就以振翅能激起三千里的浪花，奮飛可高達九萬里雲霄的大鵬形象比喻自己狂放不羈的性格，以及遠大的志向。臨終之前他仍然不忘以大鵬自比：「大鵬飛兮振八裔」（《臨路歌》）。

什麼是李白的志向呢？他一生都嚮往着像古代的管仲、鮑叔牙（春秋齊國）、范蠡（春秋越國）、張良（西漢）、諸葛亮（三國）、謝安（東晉）等偉大政治家那樣輔佐君主完成治國平天下的豐功偉業。李白在詩中經常提到的「濟蒼生」、「安社稷」、「安黎元」、「濟時」、「濟代」、「經濟」等等所指即此。如：「東山高臥時起來，欲濟蒼生未應晚」（《梁園吟》）、「中途偶良朋，問我將何行？欲獻濟時策，此心誰見明」（《郢中贈王大勸入高鳳石門山幽居》）、「問以經濟策，茫如墜煙霧」（《嘲魯儒》）、「苟無濟代心，獨善亦何益？」、「終與安社稷，功成去五湖」（《贈韋秘書子春》）。

　　李白對自己可以實現遠大的理想所需要的才能是毫不懷疑的。這點在他晚年參加永王李璘幕府隨軍平定安祿山叛亂時所寫的《永王東巡歌》中的詩句充分顯示出：「但用東山謝安石，為君談笑靜胡沙。」（其二）；「試借君王玉馬鞭，指揮戎虜坐瓊筵。南風一掃胡塵靜，西入長安到日邊。」（其十一）前者以淝水之戰中的東晉統帥謝安自比。晉太元八年（公元383年），他從容不迫地略施小計就於淝水（今安徽省），把前秦首領苻堅率領的百萬大軍打得潰不成軍，秦兵逃跑時聽到風聲鶴唳，都以為是追兵。李白認為自己也能像謝安那樣在談笑間平定安祿山的叛亂；後者更進一步想像自己能向永王取來軍隊指揮權，掃蕩叛軍，入長安晉見君王。

　　儘管李白有凌雲壯志，也自視有治國領軍的雄才偉略。但是李白卻是終生悒鬱不得志，其原因在他天寶三載不甘文學弄臣的生活向皇帝請辭離開長安時寫的《行路難》中有所剖白。他悲憤地呼喊：「大道如青天，我獨不得出！」大道如青天般寬廣無邊，條條道路理應通往理想的境地，但偏偏只有自己行不通，處處碰壁。其原因乃是朝綱不振。宮廷權貴多是鬥雞賭狗（「赤雞白狗賭梨栗」）之徒，他們把持了朝政。而唐玄宗無所作為，不能像戰國時期的燕昭王禮賢下士，延攬天下人才，使之發揮才能，

實現濟世的理想。自己在朝中像戰國齊孟嘗君門下的食客馮驩，漢代青年時期飽受市井小兒戲弄的韓信，與被朝廷權臣讒謗而被貶官的賈誼。不斷遭到輕視、侮辱和排擠，最終不得不因為「行路難」而灰心失望，賦「歸去來」。

深一步來探討。我們可以發現李白在功業方面的失敗與其傲岸不群、桀驁不馴的性格有密切關係。他完全不懂玩弄權術，不能容忍醜惡。在《行路難》（其二）中他說「羞逐長安社中兒」，儘管從皇帝到滿朝王侯均嗜鬥雞賭狗，李白卻羞與為伍而保持眾人皆醉我獨醒的狷介品格。他在政治方面謀發展的願望十分強烈，這在《南陵別兒童入京》一詩中表現得淋漓盡致。當他得到唐玄宗的徵召，離開南陵（今安徽省南陵縣）的家之前，毫無惜別的哀傷，而是醉酒、高歌、狂舞、躊躇滿志：「高歌取醉欲自慰，起舞落日增光輝」、「仰天大笑出門去，我輩豈是蓬蒿人」。但是他決不因此而低聲下氣，阿諛逢迎，而是「安能摧眉折腰事權貴，使我不得開心顏？」（《夢遊天姥吟留別》）倘若必須摧眉折腰奴顏婢膝才能換取仕途上的好處，他寧可放棄仕宦而歸隱山林。這點可以說是繼承了東晉詩人陶潛的「不為五斗米折腰」（不為區區五斗米縣令的官俸而向來縣裡視察的督郵點頭哈腰），遂辭官歸田園的傳統。不過表現得更強烈，更具李白色彩而已。

可見李白之所以在事業上「中天摧折」（《臨路歌》），其性格與現實的格格不入的因素決不可忽視。政治是妥協的藝術，政治家不懂得做有原則的妥協，是不可能取得成功的。所以說李白一生的悲劇是性格的悲劇，也有其正確的一面。

仕途蹭蹬，功名垂敗，對詩人而言是不幸的。但對文學史而言，卻是大大的幸事。它使得李白不是高高在上、忘卻凡塵，而是目光下視，看到人間的斑斑血淚，寫出震撼人心之作。《西上蓮花山》（《古風》之十九）

本來是遊仙之作，寫詩人在西岳華山之巔的蓮花峰與仙人交遊，欣賞穿着彩衣仙女美妙的舞姿。但詩人並沒有忘記人世間黎民的苦難，安祿山叛變殘酷的屠殺血流成河的情景縈迴腦際，所以寫下「俯視洛陽川，茫茫走胡兵；流血塗野草，豺狼盡冠纓」之句，顯示出詩人悲天憫人的襟懷。這種襟懷也流露在諸如《丁都護歌》、《關山月》、《戰城南》、《北風行》、《宿五松山下荀媼家》等作品中。特別應該指出的是，李白在黎民百姓的苦難面前不是冷靜的旁觀，而是感同身受，同歌共哭。在《丁都護歌》中，他目睹「吳牛喘月」的酷熱天氣中縴夫在江上拉縴的情景，聽到他們唱起《丁都護歌》（即《縴夫曲》），不禁「心摧淚如雨」，更以「君看石芒碭，掩淚悲千古」道出這種苦難與悲愁的永恒性。

李白的思想是相當複雜的。他一方面受儒家思想的影響，積極入世、懷有「濟蒼生」、「安社稷」的宏志。另一方面他又受道家思想的薰陶，貴生愛身，對於名與位看得十分淡泊。為了追求功業而傷身甚至喪身，他認為是絕對不值得的。殺身成仁、捨身取義的思想在李白身上是看不到的，因此他的作品中經常出現因為追求功名而遭殺身之禍的內容。在《行路難》（其三）中，他舉了「子胥既棄吳江上，屈原終投湘水濱；陸機雄才豈自保？李斯稅駕苦不早」為例，說明往昔追求功名者，勞碌一生，功名得到了，結果卻遭遇「狡兔死，走狗烹」的厄運。而且都死得好慘：陸機與李斯後悔自己追求功名，十分嚮往以往來作官前在家鄉聽鶴唳和牽黃狗、臂蒼鷹去打獵的逍遙生活。李白的結論是「吾觀自古賢達人，功成不退皆殞身」，因此應當「含光混世貴無名」，要向張翰學習，功成之後，不留戀高官厚祿，毅然辭官歸故里，求得全身。

因此李白平生最為敬佩的人物之一是戰國齊人魯仲連。魯仲連善於出謀劃策，周遊列國，為諸侯排難解紛。秦軍圍趙都邯鄲，他替平原君說服了魏的將領，打消其尊秦為帝的念頭，秦軍因此退兵五十里；後來魏信陵

君為趙解了圍，平原君要賞賜魯仲連，他推辭說：「所謂貴於天下之士者，為人排患釋難解紛亂而無取也。即有取者是商賈之事也，而連不忍也。」終不受賞而去。二十幾年後，燕將守聊城，齊將田單久攻不下，士卒傷亡慘重。魯仲連寫封信，用箭射入城中，曉以利害，燕將受感動，自殺身亡，聊城被攻克。齊王要賜以官爵，魯仲連拒絕，逃避海上說：「吾與富貴而詘於人，寧貧賤而輕世肆志焉。」（以上故事見《史記》）李白有不少詩作頌讚魯仲連，如：「我以一箭書，能取聊城功。終然不受賞，羞與時人同」（《五月東魯行答汶上翁》）、「齊有倜儻生，魯連特高妙。明月出海底，一朝開光曜。卻秦振英聲，後世仰末照。意輕千金贈，顧向平原笑。吾亦澹蕩人，拂衣可同調」（《古風》之十）。用上述魯仲連的兩個故事說明他為了排難解紛，功成不受賞的高尚情操，令人高山仰止，並引以為同調。

「功成身退」的主題在李白詩歌中不斷出現，成為李白思想的重要組成部分，欣賞李白作品時不可不注意。

道家思想也影響了李白對自然風景的描寫，道士隱居山林，與雲霞風雪為伍，大自然就是他們的家，也是他們理想中的仙界。眾多信仰道教者都赴山林求仙訪道，李白也不例外。他對大自然懷有深厚的感情。因此，在他的筆下，我國的自然美景的各個方面都被淋漓盡致地表現出來，這在當時是空前的，迄今也無人可以企及。不論是幽美恬靜如「綠竹入幽徑，青蘿拂新衣」（《下終南山過斛斯山人宿置酒》），清澈透明如「人行明鏡中，鳥度屏風裡」（《清溪行》），濃艷芬芳如「煙開蘭葉香風暖，岸夾桃花錦浪生」（《鸚鵡洲》），奇偉壯闊如「君不見黃河之水天上來，奔流到海不復回」（《將進酒》），高危險峻如「噫吁嚱，危乎高哉！蜀道之難，難於上青天」（《蜀道難》），還是寥廓蒼茫如「明月出天山，蒼茫雲海間。長風幾萬里，吹度玉門關」（《關山月》）等等，都寫得形象鮮明突出，給

人留下難以磨滅的印象。

我國多嬌的山川賜予李白以無窮的創作靈感。李白以深摯的愛意從中發現一般人所看不到的山川靈氣，並以生花的妙筆把她展顯於世。使人們更為認識她，並競相折腰。

豪放 · 飄逸 · 清純

李白的詩歌是有極為繁豐的內涵，在藝術形式上亦甚具特色。

李白詩歌的最主要的藝術特徵是發揮豐富驚人的想像，運用飛躍跳動的語言，極度大膽的誇張，抒發那野馬般自由不羈的感情，形成奇偉、豪放、飄逸的風格。當我們讀到「君不見黃河之水天上來，奔流到海不復回」（《將進酒》）、「海客談瀛洲，煙濤微茫信難求；越人語天姥，雲霞明滅或可睹。天姥連天向天橫，勢拔五岳掩赤城」（《夢遊天姥吟留別》），以及「日照香爐生紫煙，遙看瀑布掛前川。飛流直下三千尺，疑是銀河落九天」（《望廬山瀑布》之二）等詩句時，就會直覺的感受李白詩特有之懾人心魄的磅礴氣勢，上述的風格就很具體地呈現出來。

李白詩歌中常常借助神仙發揮自己的奇特想像和幻想，這是道家思想對他影響的結果。受到佛教禪宗影響極深的日本小說家川端康成說過：「我相信東方的古典，特別是佛典，它乃是世界最大的文學。我們不是把經典當作宗教的教訓，而是把它當作文學的幻想來推崇的。」（《文學的自傳》）這些話用在李白身上也是合宜的。許多作家都從宗教中汲取營養藉以壯大自己。

除此之外，道教思想對李白詩歌的表現手法的影響還有以下兩點。

首先是李白詩中將自然事物人格化，把它們當成有生命的物體來對待。對一般作家而言，這是一種表現手法，就是所謂的擬人化，但對李白

則非如是。在他的心目中自然界的物體：日月星辰、風雲雷電、草木鳥獸等，都是和人一樣有生命、有思想感情的。所以在《月下獨酌》中才能邀月對飲；在《獨坐敬亭山》中也才能和山「相看兩不厭」。在道家看來，大自然可以人化，人何嘗不可以自然化。人和自然都是在同一源頭產生的。東晉道教理論家葛洪在《至理篇》中說：「夫人在氣中，氣在人中，自天至於萬物，無不須氣以生者也。」

由於受到道家崇尚「自然」的影響，李白反對詩歌中人為的雕琢，而主張清純自然。在《古風》的第一首《大雅久不作》中，他認為「自從建安來，綺麗不足珍」。他不喜歡漢末建安以後，兩晉南北朝浮艷的文風，而主張恢復上古的淳樸清新與自然：「聖代復元古，垂衣貴清真。」在《贈江夏韋太守良宰》中，他主張以「清水出芙蓉，天然去雕飾」作為詩歌語言的準則。這兩句詩亦正是李白詩歌語言形象的寫照。

李白有不少作品不事雕飾，暢順自然，明白如話；音韻和諧、混同天籟。如《橫江詞》：「人道橫江好，儂道橫江惡。一風三日吹倒山，白浪高於瓦官閣。」《蜀道難》：「噫吁嚱，危乎高哉！蜀道之難，難於上青天。」《江上吟》：「功名富貴若長在，漢水亦應西北流。」《行路難》：「且樂生前一杯酒，何須身後千載名！」《夢遊天姥吟留別》：「安能摧眉折腰事權貴，使我不得開心顏？」《戰城南》：「乃知兵者是凶器，聖人不得已而用之。」《聞王昌齡左遷龍標遙有此寄》：「我寄愁心與明月，隨風直到夜郎西。」《山中問答》：「問余何意棲碧山，笑而不答心自閑。桃花流水窅然去，別有天地非人間。」這些詩句都不是作出來的，而是出自胸臆，流露於筆端的。

自然最美，李白的詩歌可以為證。

不廢江河萬古流

李白對唐代詩歌的革新有巨大的貢獻。

我們知道，我國詩歌發展到六朝的梁陳（公元 502 至 589 年）時代，由於詩人大多是皇帝和貴族的侍臣，生活在宮廷與貴族的府第之中，狹隘的生活大大地局限了創作的內容；再加上他們必須秉承皇帝貴族們的趣味，所以只能寫出內容空洞而形式華麗精緻的詩歌來。這種情況到唐朝，經過「初唐四傑」（王勃、楊炯、盧照鄰、駱賓王）的努力，才逐步扭轉。嗣後，陳子昂揭櫫反對「彩麗競繁」、「逶迤頹靡」的齊梁詩風，主張恢復「骨氣端翔，音情頓挫，光英朗練，有金石聲」的漢魏傳統詩歌革新主張。但此一主張在理論和實踐上使詩歌取得圓滿成功的是李白。他以蔑視的態度評價六朝的詩風，認為「自從建安來，綺麗不足珍」；他對唐朝當前薪傳漢魏傳統給予極高的評價：「聖代復原古，垂衣貴清真」、「文質相炳煥，眾星羅秋旻」，他更以自己的作品積極實踐了上述主張。

樂府詩是李白詩中相當重要的部分，也是他的詩歌精華之所在。宋人郭茂倩編選的《樂府詩集》中，所錄的李白樂府竟達一百二十四首之多，而他所留存的樂府詩僅一百四十九首。《唐詩三百首》收錄樂府三十五首，而李白之作竟達十二首。可見其被重視程度。

李白那些沿用漢魏六朝樂府舊題而撰寫出來的作品，均非簡單的內容和形式的重複，而是注入了新的血液，煥發出新的生命。李白的化平凡為神奇的文藝才能於此顯露無遺。

以《長干行》的第一首為例。樂府古辭有《長干曲》：「逆浪故相邀，菱舟不怕搖。妾家揚子住，便弄廣陵潮。」寫一個家住長江（揚子江）側的女子，不怕路途遙遠，駕舟迎着風浪去會晤情人。後來唐朝詩人崔顥、張潮等均有擬作。不過篇幅短小，內容簡單，手法直接，欠缺創意。如崔

顯的《長干行》二首:「君家何處住,妾住在橫塘。停船暫借問,或恐是同鄉」、「家臨九江水,來去九江側,同是長干人,生小不相識」。李白的《長干行》內容則豐富得多。他用了三十行詩句寫商婦思夫。全詩內容透過一位少婦思念遠別經商的丈夫的內心活動來展現。從回憶以往甜蜜幸福生活寫到當前獨守空幃的孤苦枯寂。內容縈迴曲折,令人一往情深。《將進酒》,古辭內容大略寫飲酒。梁昭明太子蕭統有同題之作,亦只及遊樂飲酒。李白所寫主題並沒有什麼變化,但情感豪邁奔放,表現了詩人面對蒼茫宇宙空間,悠悠時間的浩嘆:「君不見黃河之水天上來,奔流到海不復回;君不見高堂明鏡悲白髮,朝如青絲暮成雪。」把空間立體化,把時間形象化,將黃河的壯闊雄渾磅礴的氣勢寫盡了,其他寫黃河的人只有在這裡止步了。

李白依據樂府舊題寫出的詩有所繼承,又有所發展,他的天才在那裡得到了充分的發揮:把舊題的主題深化,內涵更為豐富,表現技巧更為圓熟,使得後人難以超越,而有「眼前有景道不得,李白題詩在上頭」之嘆。

李白在七絕方面也有所開拓,他把民歌的真純自然帶到所寫的七絕中去,詩作「語近情遙,含吐不露為貴。只眼前景,口頭語,而有弦外音,使人神遠」(沈德潛《唐詩別裁》)。如《望天門山》、《望廬山瀑布》、《贈汪倫》、《早發白帝城》,都是膾炙人口之作,說明了他在這方面的傑出成就。

李白的上述成就對唐代詩歌革新運動的完成起了極大的作用。他把陳子昂極力清除但仍然殘留的梁陳浮艷的餘風掃地以盡,使唐詩從此走上康莊的大道。

李白詩歌對後世有着深遠的影響,這可從詩風與文化的角度做考察。

以詩風而言,他的雄奇奔逸的詩風對中唐的韓愈、孟郊、李賀、杜牧已有所啟發;宋代的蘇軾、陸游、辛棄疾等豪放派詞風,無疑是受到李白

詩歌的影響而產生的；至於元代的元好問、薩都剌，明代的高啟、楊慎、李贄，清代的黃景仁、龔自珍等人都從李白詩風中汲取營養。

　　酒和月跟李白結下不解之緣，是他最愛寫並寫得最好的題材之一，酒魂與月魄附在李白身上，使之有可能寫出其他詩人所寫不出的與酒月有關的詩。如《月下獨酌》、《將進酒》、《靜夜思》、《把酒問月》等等，這些詩作所形成的中國酒與月的文化，對民族心靈的影響之大不是三言二語所能道盡的，而這已不屬於本文所要深入探討的範圍。

壁華

1995 年 9 月 27 日香港

訪戴天山道士不遇

【題解】

此詩是李白早年在戴天山大明寺讀書時所作，大約寫於開元七年（公元 719 年），那時他才十九歲。

戴天山在今四川省江油市北五十里處，又名大匡山、大康山。

在大匡山讀書的幾年對李白的思想、性格與作品有重大的影響，任俠好劍和求仙訪道是李白早年生活的主要內容，這首詩正是遊仙訪道的記錄，表現了訪人不遇的悵惘心緒。

【譯注】

犬吠水聲中，	潺潺泉水伴隨着犬吠聲聲，
桃花帶露濃。	燦爛桃花帶着的朝露濃重。
樹深時見鹿，	茂密的樹林時見麋鹿蹤影，
溪午不聞鐘。	正午溪邊聞不到寺廟鳴鐘。
野竹分青靄 ❶，	青靄被一叢叢翠竹分隔開，
飛泉掛碧峰。	銀色飛瀑掛在青碧的山峰。
無人知所去，	沒有人知道他雲遊去何處，
愁倚兩三松 ❷。	我心中悵惘獨自倚靠蒼松。

❶ 青靄：山中蒼青色煙霧。

❷ 兩三松：說明詩人一會倚這棵松，一會倚那棵松，表現尋訪道士不遇的悵惘。

【賞析】

　　這首詩雖然是李白少年時所作，卻有相當高的藝術技巧，充分顯示出才華早露。

　　詩題為訪道士「不遇」，卻無一字說「道士」，無一字道不遇，卻句句是「不遇」，句句是訪「道士不遇」。

　　作詩最忌重複，即同類詞語的重複出現，如「水聲」與「飛泉」，「樹」、「松」、「桃」、「竹」，前者都是「水」，後者均為「樹」。顯然是重複了，但讀此詩卻無重複之感，這就是技巧所在。

　　此外，這首五言律詩音韻和諧，對仗精工，渾然天成，沒有雕琢的痕跡，可見李白早年曾在律詩上下過苦工，前人有說李白不善古詩，是不正確的。

峨眉山月歌

【題解】

　　這首詩作於開元十三年（公元 725 年）李白二十五歲那年的秋天。該年李白「仗劍去國，辭親遠遊」，由昌明、成都、峨眉、嘉州、犍為，然後東下渝州（今重慶市一帶），經長江三峽出蜀。李白雖然不是誕生在四川，但五歲時就移居到這裡，所以他是把四川當作自己的故鄉看待的。這次離蜀，內心充滿了依依不捨之情，在詩中淋漓盡致地抒發出來。

【譯注】

峨眉山月半輪秋 ❶，　　　　　　峨眉山的頂巔懸掛着半輪秋月，

影入平羌江水流 ❷。　　　　　影子投入平羌江隨着江水漂流。

夜發清溪向三峽 ❸，　　　　　我夜晚從清溪出發向三峽駛去，

思君不見下渝州 ❹。　　　　　想你又見不到時船兒直下渝州。

❶　峨眉山：在四川省峨眉縣西南，有山峰相對如蛾眉，故名。

❷　平羌：江名，即青衣江，河水清澈碧綠，被形容為可將衣服染成青色，故名。
　　該江自成都西南雅安（今四川省雅安市），東南流經峨眉山前。

❸　清溪：驛名，在嘉州犍為縣，離開峨眉山約二百里。

❹　君：指峨眉山月。李白離開清溪時已看不到峨眉山的月亮，所以說「思君
　　不見」。

【賞析】

　　這首詩敘事、寫景與抒情緊密結合，渾然一體，很難分出哪句是純敘事，哪句是純寫景，哪句是純抒情，乃是由於詩人是飽蘸着感情進行創作的。

　　前人稱譽此詩，二十八字中用了峨眉山、羌江、清溪、三峽、渝州五個地名，字數幾佔全詩的一半，但是讀起來卻不感到重複枯燥，可見李白錘鍊的功夫，那些地名完全融於敘事、寫景、抒情之中，成為全詩的有機部分了。

渡荊門送別

【題解】

　　這首詩是李白二十五歲初出三峽，渡過荊門山時所寫的作品。荊門，即荊門山，在今湖北省宜都市西北，位於長江南岸，是往來蜀楚的咽喉要道。

　　從題目看，這是一首送別詩。指的是，故鄉水萬里送行舟，故鄉捨不得他離開。實際上這是一首紀行詩，記詩人渡過荊門之後所看到的壯麗景色。

【譯注】

渡遠荊門外，	我乘舟遠渡過了荊門山，
來從楚國遊 ❶。	來到楚國故地盡情漫遊。
山隨平野盡 ❷，	山嶺隨着平原逐漸消失，
江入大荒流 ❸。	江水流入荒野自由奔流。
月下飛天鏡 ❹。	江月如天空飛下的明鏡，
雲生結海樓 ❺。	雲彩幻化成為海市蜃樓。
仍憐故鄉水 ❻，	我最愛的是故鄉的流水，
萬里送行舟。	萬里迢迢伴送我的行舟。

❶ 楚國：指今湖南省、湖北省一帶，春秋戰國時二地均屬楚國。從：就，到。

❷ 平野：平坦的原野。

❸ 大荒：荒原，此處指廣闊的原野。

❹ 飛天鏡：形容明月倒映江心，猶如天上飛下來的鏡子。也可解為：月亮出來，
像一面明鏡，飛來懸在碧空。

❺ 海樓：海市蜃樓，大氣中由於光線的折射作用而形成的一種自然現象。

❻ 憐：愛。故鄉水：指四川流來的長江水。

【賞析】

　　詩的首二句點明行程和去處。三四句寫出了荊門後山和水的另一番景
象，它描繪此時蜀地的崇山峻嶺已置諸身後，眼前展現一望無際的平原，
江流也毫無阻擋的在廣袤原野上滔滔奔流。這二句是名句，「隨」和「入」
兩個動詞是詩眼，它傳神的表現了出荊門後山與水的面貌，同時勾畫出詩

人縱目瞭望此山水時心曠神怡的情態，達到情景交融的境界。五六句是寫入夜的光景，「飛天鏡」、「結海樓」，顯示出詩人豐富的想像力。第五句晶瑩透剔，第六句卻朦朧空幻，似是矛盾，又有機的統一在一起。最後二句寫詩人陶醉在大自然的美景之時，仍然心繫故園。俯視江水，覺得所有美麗的景色，都不如故鄉水可愛，在前幾句大開之後，此二句大闔，做到了縱收自如。

荊州歌

【題解】

　　這首詩是李白出蜀遠遊，到達荊州時所寫。

　　荊州，唐代叫江陵。戰國時，楚國首都郢，即在江陵附近。這一帶民歌十分豐富，李白善於六朝樂府民歌中汲取養分，此首詩就是他學習民歌的實績。詩的內容是寫少婦等待遠歸的丈夫時矛盾複雜的心情。

【譯注】

白帝城邊足風波 ❶，	白帝城邊狂風捲起駭浪驚濤，
瞿塘五月誰敢過 ❷？	五月的瞿塘峽誰敢行船駛過？

荊州麥熟蠶成蛾，	荊州莊稼成熟蠶繭也已收穫，
繅絲憶君頭緒多 ❸。	繅絲時思念你頭緒繁亂雜多。
撥穀飛鳴妾奈何 ❹！	布穀鳥聲聲勸阻我也無可奈何！

❶ 白帝城：在今重慶市奉節縣東白帝山上。城居高山，南面長江，地勢險要。

❷ 瞿塘：瞿塘峽，長江三峽之一。在今重慶市奉節縣白帝城，東至巫山縣大寧河口。其中白帝城至大溪間為峽谷段，長八公里，兩岸懸崖壁立，江面狹處只有百餘米，江流湍急，山勢峻險，水中多礁石，五月水漲，礁石被淹沒。行船危險更甚，所以說「瞿塘五月誰敢過？」

❸ 繅絲：繅，音搔，繅絲，把蠶繭浸在熱水裡，抽出蠶絲。絲與思諧音，說明思緒與絲緒一樣繁亂雜多，理都理不清。這是民歌常用的手法。

❹ 撥穀：即布穀鳥，人們形容布穀鳥的叫聲為「行不得也哥哥！」，即勸阻思歸的丈夫歸家的路途險象環生，最好不要回來，但丈夫已動身，思婦已無能勸阻，徒喚奈何！

【 賞析 】

　　一般寫怨婦思夫大都描述其急切等待丈夫速速到家的心情，如柳永的《八聲甘州》：「想佳人、妝樓顒望，誤幾回、天際識歸舟。」（我想家中的妻子一定在妝樓上癡癡地抬頭遠望，不知有多少次錯把天邊的船當作丈夫的歸舟。）此篇跳出這窠臼，它寫婦人一方面渴望丈夫歸來，焦急地等待，可是又怕瞿塘峽風波險惡，丈夫在歸途中發生危險。詩中細緻地刻劃了她這一尖銳的矛盾心態，逼真而生動。

秋下荊門

【題解】

　　這首詩與前首《渡荊門送別》同樣是開元十三年（公元 725 年）李白二十五歲時出蜀直下荊門時所作。時值金風送爽的秋季，與前詩不同的是前詩純粹寫景，而本詩卻抒發情懷，寫出自己出蜀之後擬漫遊吳越的目的。

【譯注】

霜落荊門江樹空 ❶，	秋霜降落荊門江邊樹木凋零，
布帆無恙掛秋風 ❷。	布帆在秋風中升起一路順風。
此行不為鱸魚鱠 ❸，	此次漫遊並非為了食鱸魚鱠，
自愛名山入剡中 ❹。	是為了熱愛名山而遠赴剡中。

❶ 江樹空：深秋霜降，江邊萬木凋零，故說「空」。

❷ 布帆無恙：據《晉書·顧愷之傳》載：畫家顧愷之在荊州刺史殷仲堪手下做參軍（地方軍政長官衙署中的參謀、書記、顧問一類僚屬），二人情誼深厚，顧愷之請假東歸時，殷仲堪將布帆借給他使用，後來顧在途中遭遇大風，但安然無事。他寫信給殷仲堪說：「行人安穩，布帆無恙。」

❸ 鱸魚膾：據《晉書·張翰傳》載：張翰在京城洛陽做官，見秋風起想念吳地家鄉的菰菜、蓴羹、鱸魚膾（膾是切細的魚肉），於是放棄功名利祿，辭官回家。這個典故本來的意思是說張翰為了吃鱸魚膾而回鄉，而此詩中李白反其意而用之，說明自己並非為吃可口的鱸魚膾而遊吳越。

❹ 剡中：古地名，今浙江省嵊州市和新昌縣一帶，那裡山水秀麗，晉至唐有許多名士隱居於此。

【賞析】

這首詩表現了李白對名山勝水的鍾愛，遊山玩水是李白一生生活的重要部分。

一般絕句很少用典故，因為在短短不到三十個字中用典故會使文字顯得十分累贅，予人以堆砌之感。可是這首絕句一連用了兩個典故，卻十分順暢；能做到雖然用典並不予人以用典的感覺，這沒有高度的藝術技巧是無法達到的。

詩的三四句表現得很有力，先說「此行不為鱸魚膾」，才自說自話回答「入剡中」是為了「愛名山」，一反一正使自己的「入剡中」的目的表現得更為明確。句子也顯得更多變化。

望天門山

【題解】

　　這首詩是李白乘舟過天門山作的，可能寫於開元十三年（公元 725 年）。詩人從船上遠眺，雄奇的天門山與浩蕩的長江呈現在眼前，江山如此多嬌，熱愛大自然的李白遂寫下這首膾炙人口的七絕。

　　天門山，在今安徽省當塗縣西南長江兩岸，東邊是博望山（亦稱東梁山），西邊是梁山（亦稱西梁山），兩座大山夾江對峙，中間如門，所以合稱天門山。

【譯注】

天門中斷楚江開 ❶，　　　　　　天門山被長江從中切開，
碧水東流至此迴。　　　　　　　碧水東流到此奔騰旋迴。
兩岸青山相對出，　　　　　　　兩岸山巒青翠層見疊出，
孤帆一片日邊來 ❷。　　　　　　一隻帆船從西邊駛過來。

❶　楚江：指長江，春秋戰國時安徽屬楚國地域，所以稱流經此地的長江為楚江。

❷　日邊：傍晚日落的西方。有人說是指日出的東方，亦通。

【賞析】

　　這首詩第一、二句寫詩人望見的山和水的雄姿。第一句本來是形容博望山和梁山隔岸對峙，但是這麼寫太平淡，寫不出山水的氣勢。詩人說天門山山勢中斷是楚江澎湃的流水把它撞開所致，簡直是鬼斧神工，於是把山的峭拔峻險和水的奔騰衝擊的氣勢生動地描繪出來；寫山亦寫水，以山為主。第二句也是山水一齊寫，不過以水為主，山則隱在後面；此句明寫水流湍急，波浪洶湧，迴旋起伏，這是由於江水在兩山相夾的通道中奔流所致，暗含天門山壁崖峭絕之意。第三句寫青翠山層峰疊巒，連綿不絕。最後一句把筆宕開，不寫山與水，而寫天水相接的極遠處的一片帆影：雪白的船帆與血紅的落日相映照，使全詩的畫面顯得色彩繽紛。青山、綠水、白帆、紅日，多麼美麗的一幅山水畫啊。詩的畫面十分靈活：有近景，有遠景，配合得恰到好處。

望廬山瀑布（二首選一）

【題解】

　　李白一生熱愛自然山水，廬山應該說是最為他所傾倒的大山之一。他曾多次遊歷廬山，並寫下許多詠它的佳篇，本篇乃是其中之一，為詩人開元十四年（公元 726 年）初次登臨時所作。共二首。第一首是五古，第二首是七絕，本書選第二首。

　　廬山：在江西省北部，聳立鄱陽湖、長江之濱，江湖水氣鬱結，雲海瀰漫，多巉岩、峭壁、清泉、飛瀑之勝，林木葱蘢，氣候宜人，為遊覽與避暑勝地。

【譯注】

日照香爐生紫煙 ❶，	日光照射香爐峰上煙霧瀰漫，
遙看瀑布掛前川。	遠看瀑布懸掛在前面的河川。
飛流直下三千尺 ❷，	飛騰的水流下瀉有三千尺高，
疑是銀河落九天 ❸。	令人懷疑是銀河落自九重天。

❶ 香爐：香爐峰，在廬山西北面，其峰尖圓，據說其上煙雲聚散如香爐形狀，故名。香爐峰附近有許多瀑布。

❷ 飛流：指流動的瀑布。

❸ 銀河：晴天夜晚，天空呈現出一條明亮的光帶，夾雜着眾多閃爍的小星星，看起來如一條銀白色的大河，故稱。詩中將瀑布比成銀白的河流。九天：指極高的天空，古代傳說天有九重，也叫九重霄。

【賞析】

　　這首詩首句先寫香爐峰而不直寫瀑布，採用的是映襯的寫作手法。借被日光映射、紫煙瀰漫的高峰，為壯麗的瀑布設下一個廣闊而神秘的背景。第二句「遙看」表明詩人是遠眺，而非近看，補足了第一句未道出的視角，並與題目中的「望」相應。實際上只有遠眺才得以欣賞到瀑布壯美廣闊的全景。「掛」字是詩眼，將瀑布的動化為靜，使得飛瀑予人以一條白練在懸崖上高懸不動的感覺。飛瀑其實是片刻不停的下瀉，但由於是遠眺，所以予人以靜止的印象，寫的是詩人的直觀。第三句由靜轉動，極寫瀑布自高空直瀉而下雷霆萬鈞之勢。詩中雖然只寫其形狀，但我們可以聽到瀑布奔騰時震天動地的咆哮。本句將瀑布比喻為銀河，把一個在天上，

一個在地下的景物通過聯想用「落」字結合起來（其聯結點為二者均為銀白色）。廬山瀑布（不，應該說所有人間瀑布）的壯麗、雄偉，被詩人寫盡了，說它是瀑布的絕唱，應該不會是過譽之詞吧。

望廬山五老峰

　　這首詩與前首《望廬山瀑布》寫於同一個時期。五老峰，是廬山的一座山峰，在廬山東南部，由五座突兀雄偉的高峰相連組成，形狀似五位老者並坐，故名。峰下有九疊屏（即屏風疊），至德元載（公元 756 年）安祿山攻陷長安後，李白來此隱居。

　　這首詩寫五老峰的雄奇峭拔，又有秀麗的一面，是日後隱居的好去處。

【譯注】

廬山東南五老峰，	廬山東南有座峻美的五老峰，
青天削出金芙蓉 ❶。	碧空中用巨斧削成的金芙蓉。
九江秀色可攬結 ❷，	九江秀美的景色可盡收眼底，
吾將此地巢雲松 ❸。	我日後將在此地隱居樂融融。

❶ 削出：形容五老峰峻峭雄奇。金芙蓉：金黃色的蓮花，比喻山峰秀麗。

❷ 九江：地名，在江西省北部，長江的南岸。攬結：即攬取，採摘的意思。全句的意思是登上五老峰，九江一帶的秀麗景色可以一覽無餘，好像用手可以採摘的一樣。

❸ 巢雲松：巢，巢居在白雲和青松之間。巢居，即隱居。

【賞析】

　　這首詩第一句點明五老峰所在的地理位置，語調平實而舒緩。第二句則奇兵突出，發揮驚人的想像，大膽設喻，極力描繪五老峰險峻之形態與秀美的色澤。「削出」說明鬼斧神工而成，「金芙蓉」是大自然賦予天然瑰美的顏色，並以「青天」的青碧為背景，色彩顯得十分協調。第三句轉換鏡頭，從另一個角度寫五老峰的崇高，可將九江一帶美景盡收眼底，因為從峰頂下望，九江風物顯得微小，才得以用手攬取，也說明五老峰是秀麗美與雄偉美並存，人們都可觀賞得到。最後一句抒發了自己對五老峰的愛意，他日將到此隱居。李白並沒爽約，三十年後果然歸隱於此，可見「吾將此地巢雲松」是衷心的話語。

　　把此首與《望廬山瀑布》相比，同樣是寫景，但手法有異。《望廬山

瀑布》純粹寫景，鏡頭只對準香爐峰的瀑布，鏡頭不動，詩人對景物的愛意隱藏在其中，讀者可透過字面去體味。此首不然，寫景時鏡頭有所轉換，詩人對五老峰的熱愛也情不自禁地透露出來。

橫江詞六首

【題解】

　　此組詩寫作年代很難確定，從第五首中橫江館津吏稱作者為「郎」（「郎今欲渡緣何事？」），可以確定寫這組詩時李白正值青年，因為在古代，「郎」是用以稱呼青年男子的。可見它是作者青年時行至橫江浦，風浪阻擋其旅途寫成的。

　　詩歌從各個不同角度描寫風浪的險惡，其中可能隱寓有人生仕途的險惡之意。

【譯注】

其一

人道橫江好 ❶，	人人都說橫江浦好，
儂道橫江惡 ❷。	我偏說橫江浦險惡。
一風三日吹倒山 ❸，	一場風刮了三天吹倒大山，
白浪高於瓦官閣 ❹。	滔滔白浪高度超過瓦官閣。

❶ 橫江：即橫江浦，在安徽省和縣東南，與南岸的采石磯隔江相對，形勢險要，是長江下游重要的渡口。

❷ 儂：我，吳地（今江蘇省南部一帶）人的自稱。

❸ 「一風」句：一作「猛風吹倒天門山」。天門山：在安徽省當塗縣西南三十里。

❹ 瓦官閣：即瓦官寺，又名升元閣，高二十四丈，在今江蘇省南京市，倚山俯瞰長江，萬里在目。

其二

海潮南去過尋陽 ❶，	海潮南流可以抵達尋陽，
牛渚由來險馬當 ❷。	牛渚山波浪險過馬當山。
橫江欲渡風波惡，	我想渡橫江但風波險惡，
一水牽愁萬里長。	潮水牽動了旅愁萬里長。

❶ 尋陽：今江西省九江市。古時傳說海潮沖入長江，可以到達尋陽。

❷ 牛渚：山名，在今安徽省馬鞍山市長江之濱，山的北部突出江中，稱采石磯。江面狹窄，形勢險要，自古為江防重地。馬當：山名，在今江西省彭澤縣東

北，山形似馬，橫枕長江，風急浪惡，舟船艱阻。牛渚在馬當下游，浪潮一向比馬當更為險惡。

其三

橫江西望阻西秦 ❶，	從橫江西望阻斷西秦視線，
漢水東連揚子津 ❷。	漢水東流與揚子津相接連。
白浪如山那可渡？	白浪滔滔如山高怎渡過去？
狂風愁殺峭帆人 ❸。	船夫面對着狂風愁眉苦臉。

❶ 西秦：今陝西一帶，因戰國時屬秦而得名。地處中國西北部，故稱西秦。

❷ 漢水：即漢江，長江最長支流。源出陝西省西南部寧強縣，東南經陝西省南部，湖北省西北部和北部，在武漢市入長江。揚子津：在今江蘇省揚州市南。古時是長江下游重要渡口。按唐時交通，從江蘇安徽一帶，可取道長江，漢水，轉向長安。

❸ 峭帆人：船夫。峭帆：高直的船帆。有人疑「峭」為「艄」字之訛。

其四

海神來過惡風迴 ❶，	海神走後急風惡浪接踵來，
浪打天門石壁開 ❷。	巨浪衝擊天門山石壁裂開。
浙江八月何如此 ❸？	相比錢塘江八月潮怎麼樣？
濤似連山噴雪來。	波濤似山脈浪花飛濺澎湃。

❶ 海神來過：來，一作東。《博物志》載：周武王夢見東海神女將西歸，言行必有狂風暴雨，果如所言。於是世傳海神路過之後必有暴風驟雨。

② 天門：即天門山，是安徽省當塗縣西南的博望山與和縣的梁山的合稱。兩山夾
長江對峙如門，故稱。這句是說天門山分成兩半是浪濤沖擊而成的，說明浪濤
的巨大與衝擊之猛烈。

③ 浙江：錢塘江的舊稱。浙江八月：指錢塘口八月的湧潮，俗稱錢塘潮，亦稱
海寧潮。以每年陰曆八月十八日在海寧縣所見為最壯觀。因為錢塘江口呈喇叭
形，向內逐漸淺狹，潮波傳播受約束而形成。海潮湧來時，潮頭壁立，波濤洶
湧澎湃，如萬馬奔騰，成為自然界的奇觀。潮頭高達三米半，潮差可達八點九
米。這裏用錢塘潮比喻橫江的浪潮。

其五

橫江館頭津吏迎 ❶，	橫江驛館前津吏熱情相迎。
向余東指海雲生 ❷。	向我指着東方説海雲已生。
「郎今欲渡緣何事？	「你現在要渡江究竟為何事？
如此風波不可行。」	如此險惡的風浪萬萬不可行。」

❶ 橫江館：在今安徽省馬鞍山市采石磯上，又稱采石驛。館：驛館，古時供傳遞
公文的人或來往官員歇宿之處。津吏：管理渡口事務的小官吏。

❷ 海雲生：海上烏雲生起，狂風暴雨即將來臨的先兆。

其六

月暈天風霧不開 ❶，	月生暈風勁吹濃霧瀰漫，
海鯨東蹙百川迴 ❷。	海鯨東游迫得百川折返。
驚波一起三山動 ❸，	驚濤騰起三山為之震撼，
公無渡河歸去來 ❹。	不要渡河啊快快回家園。

❶ 月暈：一作日暈。日光或月光線經過雲層中的冰晶時經折射而成的光圈。中國民間有「日暈三更雨，月暈午時風」的諺語。

❷ 「海鯨」句：用晉木華《海賦》中的典故。寫橫海的大鯨吹起氣能使百川倒流。東蹙：從東邊逼迫。

❸ 三山：在江蘇省南京市西南長江東岸，以有三峰而得名。長江從東南來，此山突出江中，當其衝要。六朝建都建康（今南京市），三山為其西南江防要地，故又稱護國山。

❹ 公無渡河：《樂府詩集》卷二十六《相和歌辭》有《公無渡河》，又名《箜篌引》。崔豹《古今注》云：朝鮮渡口守卒霍里子高晨起撐船，見一白髮老翁橫渡急流，其妻阻攔不聽，被淹死，乃彈奏箜篌（樂器）而歌曰：「公無渡河，公竟渡河，渡河而死，當奈公何！」聲調淒切，歌罷也投水而死。詩中以此規勸人們不要冒着險惡的風浪去渡河。

【賞析】

在這組詩中，詩人調動各種藝術手段描寫橫江風浪的險惡：有的是正面描寫，如「猛風吹倒天門山，白浪高於瓦官閣」；有的是側面寫，如通過旅客和船夫的「愁」來表現；有的用對話互述，如津吏的規勸。

這組詩想像力十分豐富，全詩塗抹了濃重的幻想色彩：如第四、第六首中用「海神」帶來暴風雨和「海鯨」迫起連天巨浪，就把人引進神話世界中去。「公無渡河」又把人帶進遙遠的傳說的境地裡。

本詩有濃厚的民歌風味，表現在語言運用上是自然、口語化、不避方言。第一首的開端二句用對話形式，一正一反的語氣表達了詩人急於渡江而為惡浪所阻的焦灼心情。人讚橫江之好，與我貶橫江之惡相對照，將詩

人的心情襯托出來。「儂」字係方言，使用起來亦顯得生動。第五首中的語言也自然、親切，「郎」字如改為「汝」則意味盡失，郎突出所規勸的對象是年輕人，年輕人氣盛，不顧後果，容易魯莽從事，從而顯示規勸的長者的一片關懷。

楊叛兒

【題解】

這首詩是李白青年時期寓居金陵（今南京）所寫的樂府詩。時間大約是開元十四年（公元 726 年）。

《楊叛兒》本來是六朝樂府民歌舊題，共八曲，其中第二曲是：「暫出白門前，楊柳可藏烏。歡作沉水香，儂作博山爐。」以女性口吻描寫女主角與情人在白門外烏鵲藏巢、濃密的楊柳叢中約會的情景。李白在此基礎上加以衍化，將二十字擴展為四十四字，在內容和寫作手法上都有新的開拓。

【譯注】

君歌《楊叛兒》❶，	你唱《楊叛兒》這首情歌，
妾勸新豐酒❷。	我手執美酒請你盡情的喝。
何許最關人❸？	此刻什麼地方最能牽動我心？
烏啼白門柳❹。	是烏鵲棲息的白門濃密柳林。
烏啼隱楊花，	烏鵲隱藏在楊花叢啼叫不歇，
君醉留妾家。	你酩酊大醉逗留在我家過夜。
博山爐中沉香火❺，	你我都是博山爐中沉香燃燒的熊熊烈火，
雙煙一氣凌紫霞❻。	化為雙煙合成一氣衝上雲霞滿佈的天空。

❶ 君：你，指男方。

❷ 妾：我，古代女子對自己的謙稱。新豐酒：指美酒。新豐，古地名，有二處，一在今陝西省西安市臨潼區，一在今江蘇省鎮江市辛豐鎮，二處皆產美酒。此詩寫於南京，可能指後者。

❸ 何許：什麼地方。

❹ 白門：六朝時都城建康（今南京市）的西門，此處代指男女幽會的地方。

❺ 博山爐：古代博山出產的名貴的香爐，古代室內薰香的器具。沉水香，古代用沉香（植物）製作的香。這裡用香和爐比喻情人和自己，以說明他們的愛情須臾不可分離。

❻ 紫霞：指天空的雲霞，此句形容二人愛情的熾烈。

【賞析】

　　中國傳統社會裡，男女的愛情受到重重的束縛，一切都要憑「父母之

命，媒妁之言」，不可能自主。女性更是「嫁雞隨雞，嫁狗隨狗」，無從選擇。這首詩中的女子完全打破傳統的束縛，公開邀約男子唱情歌，飲美酒，無拘無束，視舊禮教為無物。她並非玩弄愛情，而是表現出對愛情的堅貞不渝。從此可以看出青年李白悖離傳統的愛情觀。

本詩善用隱喻象徵的手法描寫情愛。如「烏啼」隱喻唱歌的男子，「楊花」隱喻女主角自己，「隱」顯示兩情交融。又「博山爐」與「沉香火」，也是隱喻形象，以「中」字將二者貫連，最後一句象徵二人愛情烈焰的燃燒。這些均是繼承六朝樂府民歌的藝術手法。

長干行（二首選一）

【題解】

《長干行》，樂府舊題。樂府和樂府詩本是既相互關聯而又各不相同的兩個名稱。樂府是朝廷的音樂官署，樂府詩則是此官署為配置樂曲而差遣文人製作或民間採集的詩歌。魏晉時期開始把樂府詩簡稱為樂府，後人常沿用樂府舊題來寫詩。

《樂府詩集》有《長干曲》：「逆浪故相邀，菱舟不怕遙。妾家揚子住，便弄廣陵潮。」寫一個家住長江側的女子，勇敢地蕩菱舟、逆風浪，去會見情人。後來唐朝詩人崔顥、張潮都有擬作。不過篇幅短小，內容簡單，手法直接。李白繼承了樂府古辭，在內容和形式上多所開拓，超越前人。

長干，里巷名，在今南京市秦淮河兩岸。那裡六朝時已「吏民雜居」，人口繁盛。到了唐代，經濟繁榮，更成為市民聚居之地。商賈為數

一定不少。李白的第二首《長干行》與張潮的同名作品均寫商婦思夫的內容。李白這首也寫同一類題材，可見商貿的頻繁。商人重利輕別離，遠出經商，經年累月不返，撇下妻子獨守空房，被無盡的思念所折磨，命運非常悲慘。詩中深刻地表現出這點。行，古代詩歌體式的一種。

【譯注】

妾髮初覆額 ❶，	回想我頭髮初覆額頭之時，
折花門前劇 ❷。	手執折花在門前歡樂遊戲。
郎騎竹馬來 ❸，	你騎竹竿當馬兒來回奔馳，
繞牀弄青梅 ❹。	圍繞井欄玩弄青梅多有趣。
同居長干里，	你我兩家共同住在長干里，
兩小無嫌猜 ❺。	天真無邪從來不互相猜疑。
十四為君婦，	十四歲下嫁做了你的妻子，
羞顏未嘗開。	那時我對人總是羞答答的。
低頭向暗壁，	低下頭來靜靜地向着暗壁。
千喚不一回。	你千呼萬喚我都不敢理會。
十五始展眉 ❻，	到了十五歲我才展顏舒眉，
願同塵與灰 ❼。	願與你結合如塵灰不分離。
常存抱柱信 ❽，	我心懷有尾生抱柱的忠信，
豈上望夫臺 ❾。	怎能想到而今竟上望夫臺。
十六君遠行，	十六歲那年你經商去遠行，
瞿塘灩澦堆 ❿。	你將駕舟過兇險的灩澦堆。
五月不可觸 ⓫，	五月水漲那江道避之則吉，

猿聲天上哀 ⓬。	群猿在高崖上啼叫聲淒哀。
門前舊行跡，	門前遺留下他昔日的足跡，
一一生綠苔。	現在都一一被綠苔所掩蓋。
苔深不能掃，	綠苔深厚哪有心情去清掃，
落葉秋風早。	落葉紛紛秋風吹動得真早。
八月蝴蝶黃，	八月裡黃蝴蝶在眼前搖晃，
雙飛西園草。	雙雙飛翔於西園裡的叢草。
感此傷妾心，	面對此情景令我十分傷心，
坐愁紅顏老 ⓭。	離別的哀愁使人紅顏衰老。
早晚下三巴 ⓮，	你什麼時候打從三巴歸來，
預將書報家。	事先一定要捎一封信回家。
相迎不道遠 ⓯，	為了歡迎你不怕路途遙遠，
直至長風沙 ⓰。	即使去七百里外的長風沙。

❶ 初覆額：才遮住前額，即髮尚短，指幼年時。

❷ 劇：遊戲。

❸ 郎：古代婦女對丈夫的暱稱。竹馬：將竹竿放在兩腿之間當馬騎。

❹ 牀：古代坐具，這裡似指井欄。

❺ 嫌猜：嫌疑和猜忌，整句形容天真爛漫彼此無芥蒂。

❻ 始展眉：眉宇才舒展，不再羞澀不安了。

❼ 願同塵與灰：有兩種解釋，一為願此生與丈夫如塵與灰融合在一起，再分不
開；一為願與丈夫永遠在一起，即使死後化為塵埃，也不分離。

❽ 抱柱信：用《莊子》中的故事。古代有一個人名叫尾生，與女友相約在橋下相
會，可是到時女友未來，潮水上漲。尾生不肯失信離開，抱着橋柱被水淹死。
後來人們以此故事說明堅守信約。

❾ 望夫臺：即望夫山，古代傳說，丈夫久出不歸，妻子每天登山眺望，化為石

頭，因稱望夫石，山亦被稱為望夫山或望夫臺。許多地方都有望夫山。香港的
獅子山也有望夫石，均出於同一種傳說。

⓾ 瞿塘：為長江三峽之一，在今重慶市奉節縣附近。灔澦堆：是瞿塘峽口的一塊
巨大礁石，現在已被炸掉。

⓫ 五月不可觸：每到陰曆五月，江水上漲，灔澦堆被水淹沒，船隻不易辨識，容
易觸礁遭災，所以說「不可觸」。

⓬ 天上：峽中山高，如在天上。

⓭ 坐愁：深愁。坐，也可釋為因為。

⓮ 早晚：疑問詞。猶如說多早晚，即什麼時候。下三巴：從巴蜀順長江而下。三
巴，指巴郡、巴東、巴西，相當於今四川東部地區，此處泛指蜀地。

⓯ 不道遠：不嫌遠。

⓰ 長風沙：地名，在今安徽省安慶市長江邊。自金陵（南京）至長風沙為七百里。

【賞析】

這是一首妻子思念遠出經商的丈夫的詩，全篇用第一人稱寫出。前六
句回憶幼時青梅竹馬，兩小無猜的融洽無間的生活；接着八句寫婚後的甜
蜜幸福；最後十六句寫丈夫遠離之後獨守空房的孤寂與不盡的思念。

這首詩的全部內容是透過一位思夫的少婦的心理活動來展示的，從回
憶過去的少女時期的生活寫到現在，按照年齡序數法一層一層地次序井然
的鋪敘，內容頗為縈迴曲折，但肌理明晰，使豐滿的人物形象得以突現。

金陵城西樓月下吟

【題解】

　　開元十四載（公元 726 年），李白二十六歲，初次來到金陵（今江蘇省南京市）。一個秋夜，他登上城西樓，從樓上遠眺周圍景色，感觸良多，於是寫下了這首詩。

　　金陵城西樓，又叫「孫楚酒樓」，因為西晉詩人孫楚曾經登臨吟詠，故名。此樓在城西覆舟山上，所以又稱「西樓」。

【譯注】

金陵夜寂涼風發， 獨上西樓望吳越 ❶。	金陵城夜晚寂靜涼風陣陣， 我獨自登上西樓遠望吳越。

白雲映水搖空城,	白雲倒映空城依搖於水中,
白露垂珠滴秋月。	凝珠的白露如滴落自秋月。
月下沉吟久不歸 ❷,	我在月下沉吟久久不言歸,
古來相接眼中稀。	能引起共鳴的知音古來稀。
解道「澄江淨如練」❸,	細細領會「澄江淨如練」詩句,
令人長憶謝玄暉 ❹。	令人經常憶起南朝謝玄暉。

❶ 吳越：春秋時的吳國和越國，在今江蘇、浙江一帶。

❷ 沉吟：（遇到難以解決的事）遲疑不決，低聲自語。

❸ 「澄江淨如練」：是南朝詩人謝朓為人傳誦的名句。在他的《晚登三山還望京邑》（京邑，指當時的京城建康，即金陵）中有「餘霞散成綺，澄江淨如練」之句。意為餘下的晚霞散開如一幅有圖案的細綾，澄清的江流靜靜地像鋪開的白綢。練，把生絲煮熟，使之潔白。

❹ 謝玄暉：即謝朓，字玄暉，南朝齊詩人。

【賞析】

第一二句敘述登樓的季節、地點及環境。三四句緊接第二句眺望吳越，描繪清涼如水的月光下的景色。五六句通過景物，抒發弔古傷今的情懷。最後二句表達了自己對謝朓的無限崇敬之情。

全詩從登樓、寫景到抒寫情懷銜接得十分自然，一筆連貫而下。三四句能將複雜多元的景色有層次地容納在十四字之中，具有高度的凝練的特點。第三句白雲空城映在水中，用「搖」字使景色生動起來。秋月下白露凝珠垂在草木上，晶瑩生光，用「滴」字使景色生彩，產生立體感，若取去「搖」、「滴」二字，全詩就會變得平面無味。

靜夜思

【 題 解 】

　　這首詩是李白客久思鄉之作，大約寫於開元十五年（公元 727 年），詩人出蜀在江蘇揚州一帶漂泊之時。

　　《靜夜思》是李白自製的樂府詩題。

【 譯 注 】

牀前明月光，	牀前照耀一片皎潔的月光，
疑是地上霜。	以為是地上鋪了一層白霜。
舉頭望明月，	抬起頭仰望高空中的明月，
低頭思故鄉。	低下頭思念那遙遠的故鄉。

【賞析】

　　中國人重鄉土，對養育自己的故鄉有着千絲萬縷剪不斷的感情，所以古代作品中有不少思鄉之詩。這首《靜夜思》則是最為膾炙人口的一首，不論任何階層的人讀了都能理解，都深受感動。短短二十個字，明白如話，何以會產生如此廣泛的共鳴呢？除了淺顯易懂之外，還有以下幾方面的原因。

　　首先，寄居異地的人，仰望皓月，自然會想起明月普照下的故鄉的景物和親友，以及往日月光下甜蜜的生活情景，《靜夜思》中詩人的思鄉情懷，就是如此勾引起來的。這一思鄉過程，許多人都有親身體驗，所以容易為人們所理解。其次，思鄉內容因人而異，《靜夜思》中沒有寫出具體的思鄉內容，人們閱讀時卻可以根據自己不同的生活體驗加以填補，有人評這首詩「旅中情思，雖說明卻不說盡」。那就是說不全說盡，留給讀者自由想像的空間，達到了言有盡而意無窮的地步。其三，詩中所抒發的鄉情並不濃烈，而是淡淡如水，既未寫詩人因思鄉而引起的愁苦，也未寫因思鄉而導致的孤寂，詩中所流露之情，與一般人所表現的情相一致，自然會起到普遍的感染作用。

　　這四句詩好像隨口而出，但每句都蘊涵豐富的內容，構思綿密而精巧。古人說李白的絕句已臻「無意於工而無不工」的境界，本詩即是明證。

送孟浩然之廣陵

【題解】

　　這首詩約作於開元十六載（公元 728 年）暮春，頭一年李白曾與孟浩然結識於襄陽，所以這次在黃鶴樓稱孟氏為「故人」。當年孟浩然四十歲，李白二十八歲，詩中對故人的離去表現出依依不捨之情，全詩色調明麗，洋溢着青春的氣息。

　　孟浩然（公元 689 至 740 年），襄州襄陽（今湖北省襄陽市）人，初唐著名詩人。廣陵，今江蘇省揚州市。之，去。

【譯注】

故人西辭黃鶴樓 ❶，　　　　　老朋友與我告別在黃鶴樓，
煙花三月下揚州 ❷。　　　　　春花爛漫時節放船下揚州。
孤帆遠影碧空盡，　　　　　　一片帆影在藍空漸漸消失，
唯見長江天際流。　　　　　　只見到長江水在天邊奔流。

❶ 黃鶴樓：舊址在湖北武昌西，現在武漢長江大橋南端蛇山的黃鵠磯上。建於三
　國時期，歷代屢毀屢建，傳說神仙曾乘黃鶴在此停留，故名黃鶴樓，在揚州西
　邊，所以說西辭。

❷ 煙花三月：陰曆江南三月繁花競開，遠望彷彿籠罩着一層煙霧，故稱煙花。
　下：順流而下。

【賞析】

　　這首詩頭二句點出故人辭別的時節、地點及去向，寫得自然。妙在後
二句，寫友人離去之後詩人立於黃鶴樓頭目送友人遠去。由於他站得高，
所以可以看到一片孤帆行駛至水天相接之處，最後終於隱沒了，只剩下天
連水、水連天的一片浩淼，廣闊的空間正象徵送別者內心的空空蕩蕩，悵
然若失之感。有人說這二句很像電影蒙太奇：一個鏡頭是「孤帆遠影」，
另一個鏡頭是「長江天際流」，兩個鏡頭組合，形成動態，逼真地重現了
遠望中離舟消逝的情景，並展現了詩人翹首顒望的神情。

　　詩人使用的是白描手法，但無限的離情別緒盡在其中。

蜀道難

【題解】

　　《蜀道難》，樂府舊題。內容多寫蜀道（由陝西到四川的道路）的艱難險阻。李白沿用舊題，暗寓仕途的險惡以及人生道路的坷坎。

　　這首詩作於開元十八年（公元 730 年）入京城之前，為送友人入蜀之作。李白抵達長安之後，以此詩謁見賀知章，賀讀了，讚嘆不已，號為謫仙（被貶謫到人間的神仙，稱譽他有才華，不同凡人）。

【譯注】

噫吁嚱 ❶，　　　　　　　　　　唉，喔唷唷，

危乎高哉❷！　　　　　　高極了，險極了啊！
蜀道之難，　　　　　　　蜀道實在難走，
難於上青天。　　　　　　難過登上青天。
蠶叢及魚鳧❸，　　　　　古代蜀王蠶叢和魚鳧，
開國何茫然❹。　　　　　開國的年代何其悠遠。
爾來四萬八千歲❺，　　　從那時起四萬八千年，
不與秦塞通人煙❻。　　　秦蜀不相往來通人煙。
西當太白有鳥道❼，　　　只有太白山上有鳥道，
可以橫絕峨眉巔❽。　　　可以橫越峨眉山頂巔。
地崩山摧壯士死❾，　　　地崩山裂勇士壯烈死，
然後天梯石棧相鉤連❿。　才修成道路使秦蜀得以銜連。
上有六龍回日之高標⓫，　上面有日車都要折回的高峰，
下有衝波逆折之回川⓬。　下面有激浪逆流湍急的河川。
黃鶴之飛尚不得過⓭，　　善飛的黃鵠尚且不能飛過，
猿猱欲度愁攀援⓮。　　　敏捷的猿猴無法攀援。
青泥何盤盤⓯，　　　　　青泥嶺山路曲曲折折，
百步九折縈巖巒⓰。　　　繞許多彎才能上山巒。
捫參歷井仰脅息⓱，　　　摸得到星辰屏住氣息，
以手撫膺坐長嘆。　　　　手撫胸膛不停地長嘆。
問君西遊何時還？　　　　西遊的人兒何時回還？
畏途巉巖不可攀。　　　　險峻的高山勿去攀登。
但見悲鳥號古木，　　　　只見古樹叢鳥兒哀鳴，
雄飛雌從繞林間。　　　　雄飛雌追圍繞樹林間。
又聞子規啼夜月，　　　　又聽到杜鵑月夜啼泣，
愁空山。　　　　　　　　愁苦的啼聲響遍空山。

蜀道之難，	蜀道實在難走喲，
難於上青天，	難過登上青天，
使人聽此凋朱顏。	使人聽到後憔悴了朱顏。
連峰去天不盈尺，	峰嶺綿亙離天不到一尺，
枯松倒掛倚絕壁。	枯松倒掛緊靠懸崖絕壁。
飛湍瀑流爭喧豗❽，	激流瀑布爭相喧鬧不已，
砅崖轉石萬壑雷❾。	撞崖石滾壑聲響大如雷。
其險也若此，	它危險到此境地，
嗟爾遠道之人，	可嘆你從遠處來的人啊，
胡為乎來哉？	你上此高山是何苦來？
劍閣崢嶸而崔嵬，	劍閣山峰高峻路崎嶇，
一夫當關，	一個人把守住關口，
萬夫莫開。	一萬人也休想打開。
所守或匪親，	守關者如果不是親信，
化為狼與豺。	變為豺狼就禍患不盡。
朝避猛虎，	人們清晨要躲避猛虎，
夕避長蛇，	夜晚又得去躲避巨蛇，
磨牙吮血，	他們磨牙吸人血，
殺人如麻。	他們殺人密如麻。
錦城雖云樂❷，	錦城雖然是遊樂好去處，
不如早還家。	倒不如早早回自己的家。
蜀道之難，	蜀道實在難走，
難於上青天，	難過登上青天，
側身西望長咨嗟。	轉過身西望長長地嘆嗟。

❶ 噫吁嚱：是蜀地方言，見物驚異而發出的感嘆詞。

❷ 乎，哉：感嘆詞，加重語氣。

❸ 蠶叢、魚鳧：傳說中古代蜀國君主名。

❹ 茫然：渺茫悠遠、模糊不清。

❺ 爾來：從蜀國創始以來。四萬八千歲：形容年代久遠，不是確實數字。

❻ 秦塞：秦地，指今陝西省一帶，因多關塞，故稱。通人煙：人際往來。

❼ 太白：太白山，在陝西省郿縣東南，為終南山的主峰。鳥道：形容險峻狹窄的
山路，只有鳥可飛過。

❽ 峨眉：峨眉山，在今四川省峨眉山市西南。

❾ 地崩山摧壯士死：傳說秦惠王知道蜀王好色，許將五個美女嫁給他。蜀王派了
五個大力士去迎接，返回梓潼（今四川省）時，見一條大蛇入洞穴，一人拖住
蛇尾，其餘四人相助，大叫向外拽，結果把山拉倒了，五女及五力士都被壓
死，而山於是分為五座山嶺。

❿ 天梯：山上高峻陡峭的石階。石棧：棧道，懸崖峭壁石上鑿孔架橋連閣而成的
道路，亦叫閣道、棧閣。這句緊接上句說山分五嶺後人們修建天梯棧道使秦蜀
得以交往。

⓫ 六龍：傳說日神御者羲和每天驅趕六龍所駕的車子，載着日神在天空運行。回
日，山高日車也上不去，只好轉回。高標：高峰。

⓬ 衝波逆折：激浪撞擊而折回。

⓭ 黃鶴：黃鵠，善於高飛的大鳥。古代鶴、鵠通用。

⓮ 猱：猿的一種，善攀緣。

⓯ 青泥：青泥嶺，在今陝西省略陽縣北。

⓰ 百步九折：形容短短的山路上都有許多轉彎。

⓱ 參、井：兩顆星宿名。古代以天上的星宿和地理區域的劃分相對應，叫做分
野，參宿是蜀分野，井宿是秦分野。

⓲ 喧豗：喧鬧聲。

⑲ 砯：水擊巖石聲，此處用作動詞撞擊講。

⑳ 錦城：成都，三國蜀漢時管理織錦的官駐於此，亦稱錦官城，簡稱錦城。

【賞析】

這首詩內容比較複雜，在讀之前，必須先理清楚結構層次，然後再深入瞭解詩的內涵。

詩的第一二行直截了當道出蜀道的艱險；五至十二行寫蜀道修建過程；十三至二十九行具體寫蜀道的險峻及陰森恐怖；三十至末尾從蜀道的艱險轉入對社會人事的險惡的描述。

這首詩最突出的特點是一開頭就用一連串的感嘆詞以及極度誇張的詩句，開門見山地寫出自己面對蜀道的內心感受，一下子就把讀者抓住，產生共鳴。詩人並不就此罷休，他在描述過程中還不斷重複「蜀道之難，難於上青天」的詩句，末了重複照應全篇，均可加深讀者的印象。這句話是全詩的主旋律。《唐宋詩醇》說「二語通篇」，正是。這種寫法實際上也是成功的。許多人不一定知道《蜀道難》，但卻念得出「蜀道之難，難於上青天」這句話，可以為證。這句話現在已成為做極高難度的事情的代語。

詩中不但直接描寫蜀道艱險的情狀，還透過第二人（西遊的某君）面對蜀道的心理活動來表現，並由此進一步展示了蜀道的艱險不但使人驚心動魄，也使人恐怖悲愁。這樣一來，全詩的內容與表現手法變得多元而不單調。

詩的表現手法的變化多端，它使用參差不齊的句法（三言至九言全有而且韻文和散文兼用）和不同類型的句子（開頭與末尾的感嘆句；中間的設問句「問君西遊何時還？」；以及反問句「其險也若此，嗟爾遠道之人

胡為乎來哉？」）都使此詩顯得靈活自然、婀娜多姿，適合於表現李白豐富跳躍的思想情感。還有詩中雖然以描寫為主，但其中有敘事、抒情，也有議論（末尾「一夫當關」下八句隱含有對唐朝藩鎮為患的評論），均是本詩多變化的一種表現。

送友人入蜀

【題解】

這首詩與前首《蜀道難》寫於同一個時期，也是為贈送友人入蜀而寫。詩中形象地描繪了蜀道的峻美與蜀水的綺麗，並奉勸友人對功名利祿、成敗得失要看開些，要淡然處之。其主旨與《蜀道難》中「錦城雖云樂，不如早還家」相通。

【譯注】

見說蠶叢道 ❶，
崎嶇不易行。

曾聽人說蜀地古道，
崎嶇不平實在難行。

山從人面起，	高山緊貼人面立起，
雲傍馬頭生。	白雲跟着馬頭飛騰。
芳樹籠秦棧 ❷ ，	芳草碧樹籠罩棧道，
春流繞蜀城 ❸ 。	青碧春水環繞蜀城。
升沉應已定 ❹ ，	功業成敗已經注定，
不必問君平 ❺ 。	不必費事問嚴君平。

❶ 蠶叢道：古代蜀道。蠶叢，古蜀國君主名，見《蜀道難》注 ❸ 。

❷ 秦棧：棧道。見《蜀道難》注 ❿ 。

❸ 春流：指流經成都的郫江、流江。蜀城：指成都市。

❹ 升沉：指政治生涯的得意與失意。

❺ 君平：即嚴遵，字君平，漢代人，隱居成都，以占卜為業。

【賞析】

　　這首詩寫蜀道崎嶇，實際上寓有仕途艱難之意，作者將情融於景中，使詩句內涵更豐富，表現出詩人不但關心友人旅途的艱險，更關心友人仕途的艱險，最後二句的勸解更顯得深情款款。

　　「山從人面起，雲傍馬頭生」，形象地寫出山嶺的高峻：蜀道陡峭有如直上直下的天梯，人們攀登時，感覺到山是緊貼人面直立；山勢聳入雲霄，雲霧挨着馬頭翻滾。兩句詩中沒有一個字提到山的高聳與峻峭，但讀了之後高峻畫面自然在眼前顯現。這是因為詩人觀察細緻，善於抓住景物的特徵，所以似乎不費力就把它勾畫出來。

襄陽歌

【題解】

【題解】

　　這首詩約寫於開元二十二年（公元 734 年）李白三十四歲遊襄陽的時候。詩中描寫了詩人放蕩不羈，縱酒行樂的生活，表現了人生無常，富貴功名不過是過眼雲煙的虛無思想。

【譯注】

落日欲沒峴山西 ❶，　　　　　落日即將隱沒於峴山之西，
倒著接䍦花下迷 ❷。　　　　　我倒戴白色帽子花下路迷。
襄陽小兒齊拍手，　　　　　　襄陽城的小孩一齊拍着手，

攔街爭唱《白銅鞮》❸。
傍人借問笑何事？
笑殺山公醉似泥❹。
鸕鷀杓，鸚鵡杯❺，
百年三萬六千日，
一日須傾三百杯。
遙看漢水鴨頭綠❻，
恰似葡萄初醱醅❼。
此江若變作春酒❽，
壘麴便築糟上臺❾。
千金駿馬換小妾❿，
笑坐雕鞍歌《落梅》⓫，
車旁側掛一壺酒，
鳳笙龍管行相催⓬。
咸陽市中嘆黃犬⓭，
何如月下傾金罍⓮。
君不見晉朝羊公一片石⓯，
龜頭剝落生莓苔⓰。
淚亦不能為之墮，
心亦不能為之哀。
清風朗月不用錢買，
玉山自倒非人推⓱。
舒州杓，力士鐺⓲，
李白與爾同死生。
襄王雲雨今安在⓳？
江水東流猿夜聲。

攔在道中爭着高唱《白銅鞮》。
路邊的人借問是怎麼回事？
原來是笑話山公爛醉似泥。
鸕鷀形長杓，鸚鵡形酒杯，
一百年總共有三萬六千日，
一日必須痛快地飲三百杯。
遠看漢水猶如鴨頭般碧綠，
恰似初釀的葡萄酒般透剔。
漢江的水如果能變成春酒，
酒糟便能堆積成山丘高臺。
用寵愛小妾換來千金駿馬，
笑嘻嘻坐在馬鞍上唱《落梅》，
車子旁邊懸掛着一壺美酒，
有笙管悠揚樂音長相伴隨。
李斯咸陽行刑前哀嘆黃犬，
倒不如在明月下傾酒討醉。
你沒看見羊祜墓前一片石，
龜頭早已剝落生出了青苔。
誰人還能為他把淚珠落墮，
誰人還能為他去抒發悲哀。
清涼風明朗月不用拿錢買，
玉山自己要倒並非人去推。
舒州出的杓，力士瓷製的鐺，
我李白願意與你同死共生。
與神女幽會的襄王今何在？
只聽見江水東流夜夜猿聲。

❶ 峴山：山名，又名峴首山，在今湖北省襄陽市南，東臨漢水，為襄陽南面要塞。峴，音現。

❷ 接䍦：古代一種頭巾，以白鷺羽為飾，故稱白接䍦。

❸ 白銅鞮：南朝齊梁時歌謠名。鞮，音低。

❹ 山公：指晉代山簡。據說他鎮守襄陽時常外出飲酒，醉後倒戴白接䍦騎馬回府。當地歌謠形容他的醉態，有「山公時一醉，徑造高陽池。日暮倒載歸，酩酊無所知。復能騎駿馬，倒著白接䍦」之句。此處以山簡自比。

❺ 鸕鶿杓：刻成鸕鶿形的長柄酒杓。鸕鶿：水鳥名，亦稱魚鷹。鸚鵡杯：用鸚鵡螺（形似鸚鵡嘴的一種海螺）製成一酒杯。

❻ 鴨頭綠：染色業術語，指類似鴨頭上綠毛般的顏色，此處形容江水清澈。

❼ 葡萄：酒名。醱醅：音潑胚，釀酒。

❽ 春酒：古代的酒，冬季釀造，春天而成，故稱。

❾ 壘：堆積。麴：釀酒用的發酵物。糟：釀酒所餘的渣滓。

❿ 駿馬換小妾：據說後魏曹彰性格灑脫，他喜歡一匹駿馬，便用美妾相換。

⓫ 《落梅》：即樂府《梅花落》曲。

⓬ 鳳笙龍管：笙和管（即笛）是兩種樂器。笙的形狀似鳳，笛的聲音如龍吟。

⓭ 咸陽：秦朝京城，在今陝西省西安市西北。嘆黃犬：秦丞相李斯遭趙高讒害，被秦二世腰斬於咸陽。臨刑前對兒子感嘆道：「我想和你再牽着黃犬，一同出上蔡（李斯家鄉，今河南省上蔡縣西）東門追捕狡兔，怎麼還有可能呢？」

⓮ 金罍：古代酒器，以黃金為飾。

⓯ 羊公：即西晉名將羊祜（音戶），字叔子，曾鎮守襄陽十年，有惠政為百姓所愛戴。時人曾稱「羊公」。一片石：紀念羊祜的石碑，即墮淚碑。據說羊祜喜愛山水，常遊峴山、飲酒吟詩。死後，民眾懷念他，在峴山曾遊憩之處建碑以資紀念，人們見碑無不流淚，故稱墮淚碑。

⓰ 龜頭：係指古代負載墓碑的石刻動物贔屭（音避戲），牠是一種爬行動物，形狀似龜。

⓱ 玉山自倒：古書上形容晉代文學家嵇康之為人嚴嚴若孤松之獨立，醉後巍峨若玉山之將倒。

⓲ 舒州：古地名，在今安徽省安慶市一帶，唐時舒州以出產酒器知名。力士鐺：唐代豫章（今江西省南昌市）出產的力士瓷製造的溫酒器。

⓳ 襄王雲雨：宋玉《高唐賦》說：楚懷王遊高唐（臺觀名，在洞庭湖北岸雲夢澤中），夢見與神女幽會，臨別時神女說自己「旦為朝雲，暮為行雨，朝朝暮暮；陽臺之下」。後來以「雲雨」稱男女的交歡，即本此。巫山雲雨本是楚懷王的事，但因此事是宋玉對楚襄王說的，所以寫成「襄王雲雨」。

【賞析】

讀這首感情色彩十分濃烈的抒情詩，給你印象極深的是它是以敘事開端，予人以飲酒是人生最大樂事的印象。詩人倒戴帽子騎馬在街上東倒西歪前行的爛醉如泥的形象給傍晚襄陽街頭的人們（小童及其他觀者）帶來多少的歡樂啊！歐陽修在《醉翁亭記》中寫自己飲酒與民同樂，和這首李白自己飲酒給老百姓帶來快樂有異題同工之妙。其中可以看到李白對歐陽修影響的痕跡。

李白有不少詩寫為了及時行樂而飲酒，如《月下獨酌》：「月既不解飲，影徒隨我身。暫伴月將影，行樂須及春。」與《將進酒》：「人生得意須盡歡，莫使金樽空對月。」這些詩句都只表現李白性格灑脫的一面，看不到其所以如此「痛飲」是受現實刺激沉痛的一面，而這點在本詩中就形象地寫出來了。他寫秦代的李斯，經過多少的努力，幫秦始皇打下江山，才位至丞相，而結果卻是遭遇被腰斬，夷滅三族的悲慘命運，想和一般人那樣在家鄉與兒子牽黃犬逐狡兔，享受最普遍的人生樂趣而不可得；

又寫到羊祜，生前惠政於民，死後人民懷念他，為之立碑建廟，並去碑前痛哭，但這並非永遠如此，時間過去了，龜頭也長上蒼苔，還有誰會去掃墓，去表現悼念之情。李斯與羊祜是兩種類型的人，李斯生前已遭遇不幸（在過去與當今社會中，因權爭而互相殘殺是普遍現象），羊祜死後寂寞（時間的無情是永恒的）在在均說明了人生的無奈，不論何人都無法擺脫這一悲劇。所以李白用「何如月下傾金罍」來解脫是有着深厚的現實基礎，顯示出詩人對人生的深刻理解。此詩能膾炙人口決非偶然。

「清風朗月不用一錢買，玉山自倒非人推」是名句，意思是說大自然的美景你不用花費一個錢即可擁有，因此飲了酒醉倒在清風朗月之中乃人生的至樂。蘇軾的《前赤壁賦》中的名句：「且夫天地之間，物各有主，苟非吾之所有，雖一毫而莫取，惟江上之清風，與山間之明月，耳得之而為聲，目遇之而成色，取之無禁，用之不竭。是造物者之無盡藏也，而吾與子之所共適。」

從上述李白此詩給歐陽修與蘇軾在思想觀念方面的影響，可見其巨大的文學史意義。

大堤曲

【題解】

　　大堤曲，南朝樂府舊題。梁簡文帝《雍州曲》有《大堤》，為此題之本。大堤，地名，在湖北襄陽城外，東臨漢江，周圍四十餘里。

　　此詩當寫於開元二十二年（公元 734 年）李白寓居襄陽之時，內容描述一位婦人對遠在南天的丈夫的懷念。

【譯注】

漢水臨襄陽 ❶，　　　　　　襄陽城外，漢水滾滾，
花開大堤暖。　　　　　　　百花盛開，大堤春暖。

佳期大堤下 ❷，	良辰佳日，大堤之下，
淚向南雲滿 ❸。	遙望南天，熱淚盈眶。
春風復無情 ❹，	只恨春風，太過無情，
吹我夢魂散。	它吹散了，歡聚的夢。
不見眼中人，	夢中的人，不見影蹤，
天長音信斷。	好久了，信都無一封。

❶ 漢水：即漢江，長江最長支流，源出陝西省西南部寧強縣，東南流入陝西省南
　部，湖北省西北部和中部，在武漢市入長江。襄陽：在湖北省北部，漢江中游
　與唐白河在境內交匯。

❷ 佳期：美好時光，古詩中常以佳期指男女的約會。

❸ 南雲：南天的雲彩。

❹ 復：又，更是。古樂府《子夜春歌》：「春風復多情，吹我羅裳開。」本詩反其
　意而用之，可以明顯看出它的影響。

【賞析】

　　這首詩的背景是漢水畔的大堤，隋唐時大堤一帶相當繁華，商業發
達，人口眾多，宋隨王誕《襄陽曲》有「朝發襄陽來，暮至大堤宿。大堤
諸女兒，花艷驚郎目」之句，可見其繁華程度。

　　詩中的女主角面對春暖花開，綠水溶溶，人們熙來攘往的大堤，想起
自己孤零零的，不禁悲從中來，覺得大自然是如此無情，連自己與情人在
夢中相會的歡樂都被吹散。詩中使用的是反襯手法，以熱鬧反襯思婦內心
的枯寂。

赤壁歌送別

【題解】

　　這首詩寫於開元二十二年（公元734年），是李白在赤壁送別友人之時作。詩中描述了三國時著名的赤壁之戰，歌頌了周瑜大敗曹操軍隊的輝煌功業，其中寄託了詩人的雄心壯志。

　　赤壁，在湖北蒲圻縣西一百二十里，北臨大江，東漢建安十三年（公元208年），周瑜和諸葛亮曾用火攻大敗曹操的軍隊於此。

【譯注】

二龍爭戰決雌雄 ❶，　　　　　　　二雄在此爭戰一決雌雄，

赤壁樓船掃地空 ❷。	赤壁的戰船已一掃而空。
烈火張天照雲海,	烈火瀰漫天空照亮雲海,
周瑜於此破曹公。	周瑜曾在此處大破曹公。
君去滄江望澄碧 ❸,	你離去望江水澄清青碧,
鯨鯢唐突留餘跡 ❹。	還能看到曹軍侵犯遺跡。
一一出來報故人,	請你報告我一路的見聞,
我欲因之壯心魄 ❺。	使我因而得到鼓舞勉勵。

❶ 二龍：指曹操和孫權。

❷ 樓船：有樓的大船，古代多用於戰爭。此處指曹軍的戰船。

❸ 滄江：泛稱江，以江水呈青蒼色。滄，通蒼，此處滄江指長江。

❹ 鯨鯢：即鯨魚，雄為鯨，雌為鯢。比喻欺凌弱小的不義之徒，指曹操。唐突：亂闖、冒犯、侵犯。餘跡：赤壁之戰的遺跡。

❺ 壯心魄：壯大心膽與氣魄，使自己更有豪情壯志。

【賞析】

這首詩前四句詠史，寫赤壁之戰。後四句寫當前的送別的寄語 —— 請友人將一路上聞見的有關赤壁之戰古跡與事跡巨細無遺地報告給他聽，使自己能從其中得到鼓舞與勉勵。

詩中一點沒有依依不捨之情，只是突出赤壁之戰的宏偉場面，以襯托周瑜的不朽功業。可見詩人對周瑜的仰慕之甚。

這點與青年李白當時有遠大的抱負分不開。

赤壁之戰時，周瑜方三十三歲，但已是東吳最高統帥，李白寫此詩時與周瑜年齡相若，他深信自己也具有與周瑜不相伯仲的才能，只要給予機

會，就一定能創豐功偉業。他曾拜訪了荊州大都督府長史韓朝宗，毛遂自薦自己有「心雄萬夫」的抱負與「日試萬言，倚馬可待」的才能，希望韓氏能幫助他「揚眉吐氣，激昂青雲」（見《與韓荊州書》）。

明乎此，才能理解李白讚揚周瑜的原因及創作此詩的心態，詩中周瑜的形象已浸濡了李白濃郁的感情色彩。

這首詩只用了四句話就對赤壁之戰作了生動概括的描繪並進行了客觀準確的評價，並成了典範。蘇軾的《念奴嬌——赤壁懷古》中的「談笑間檣櫓灰飛煙滅」就是從這首詩中汲取營養而寫出的。詩中觀點比起唐朝杜牧把赤壁之戰周瑜的成功歸於「東風」的勁吹助其一臂之力（原句如「東風不與周郎便，銅雀春深鎖二喬」）顯然高明得多。

春夜洛城聞笛

【題解】

洛城，即今河南省洛陽市。此詩為開元二十三年（公元735年）李白旅居洛陽時所作。詩中抒寫詩人春夜聽到如怨如慕、如泣如訴的笛聲時引起的思鄉之情。

【譯注】

誰家玉笛暗飛聲？	哪家吹的笛聲在黑夜暗送？
散入春風滿洛城。	散播入春風中灑滿洛陽城。
此夜曲中聞《折柳》❶，	在這靜夜裡聽到《折楊柳》曲，
何人不起故園情？	誰能不興起思念故鄉之情？

❶ 《折柳》：即《折楊柳》，漢樂府橫吹曲名，內容為抒寫離愁別緒。古人有送別時折柳枝相贈遠行之人的習俗。「柳」與「留」諧音，寓有「留客」——捨不得對方離開的意思。

【賞析】

此詩在用字和句法上很有特色。

第一句中「暗」字用得很巧妙，寫出在黑夜，聽到的笛聲從遠處傳來，只是隱隱約約地似有若無，所以有「誰家」疑問句的出現，如果很清楚地聽到，就不必問「誰家」了。第二句「散」與「滿」二字也用得相當有技巧，使只能聽得到的聲音視覺化，還寫出笛聲散播的順序。最後一句用反問句，肯定了無人聽後不會興起思念故園之情，如果改成「人們頓起故園情」，意思不變，但感情色彩迥異。另外，「何人」指一切人，如改成個別人如「余」：「令余頓起故園情」，把笛聲感人的範圍收縮，效果自然也大打折扣，可見一字之差，相距霄壤，讀時不可不注意。

贈孟浩然

【題解】

　　此詩可能是開元二十七年（公元 739 年）李白過襄陽時重晤孟浩然所作，這時孟氏已屆晚年，所以詩中有「白首臥松雲」之句。

　　孟浩然一生不曾入仕，基本上過着隱居生活。詩作多寫田園的幽靜與閑適，意境澹遠。與王維齊名，世稱王孟，作品有《孟浩然集》。

　　詩中表現了對孟浩然高潔品格與瀟灑的風度無限欽敬之情。

【譯注】

吾愛孟夫子❶，	我十分敬愛你啊孟夫子，
風流天下聞❷。	你的超逸不羈天下聞名。
紅顏棄軒冕❸，	年輕時就鄙棄高官厚祿，
白首臥松雲❹。	到老來則隱居高山密林。
醉月頻中聖❺，	月光下痛飲經常醉醺醺，
迷花不事君。	迷戀花叢不想侍奉國君。
高山安可仰❻，	你像高山我怎能仰望到，
從此揖清芬❼。	只有向你芳馨人品致敬。

❶ 夫子：古代對男子的敬稱。孟夫子，即孟浩然。

❷ 風流：有才華，風度瀟灑。

❸ 紅顏：紅潤的面顏，借代青年。軒冕：古代士大夫公卿以上高官乘軒（車）戴冕（禮帽），比喻高官厚祿。

❹ 臥松雲：隱居山林，與松樹雲霞為伍。

❺ 中聖：即中酒，醉酒。《三國志‧魏志‧徐邈傳》記載：漢末曹操主政，禁酒甚嚴。人們諱言酒字，把清酒稱為聖人，濁酒稱為賢人。尚書徐邈私自飲酒，醉後有人問事，答曰「中聖人」，後人遂以「中聖人」稱酒醉。「中聖」乃「中聖人」的縮寫。「中」本應讀去聲，但因音韻格律的限制，要讀平聲。

❻ 高山：《詩經‧小雅》：「高山仰止，景行行止。」意思是敬仰品德如大山般崇高的人，效法行為光明磊落的人。後來以高山景行比喻人的德行的高尚。

❼ 揖清芬：向孟浩然高尚芳潔的人格拜揖（表示欽敬）。

【賞析】

　　這首詩以詩人對孟浩然的敬愛之情貫串始終。第一句點出「愛」字，第二句概括說明孟浩然以風流聞名於世。接着四句具體寫「風流」的內容，最主要的就是他的對高官厚祿的淡泊與凡俗迥異。最後二句極寫李白對孟氏的敬仰之情。全詩緊緊環繞主旨而寫，沒有一個贅字。

五月東魯行答汶上翁

【題解】

　　此詩係李白於開元二十四年（公元 736 年）西遊東魯時所作。詩中通過他答覆汶上老翁的一番話語表達了自己鄙薄功名以及決不與世俗同流合污的高潔品格。

　　東魯，今山東省曲阜市一帶。汶上，地名，在曲阜西邊。

【譯注】

五月梅始黃，　　　　　　　五月了梅子開始發黃，
蠶凋桑柘空 ❶。　　　　　　蠶事完畢桑葉已採空。

魯人重織作，	魯人重視紡織的工作，
機杼鳴簾櫳❷。	窗戶裡傳出織布機聲。
顧余不及仕，	回顧自己沒機會出仕，
學劍來山東❸。	為了學劍術來到山東。
舉鞭訪前塗，	舉起馬鞭向人問路途，
獲笑汶上翁。	卻遭汶上翁譏刺嘲諷。
下愚忽壯士❹，	愚人輕視壯士的襟懷，
未足論窮通❺。	不能與他討論窮與通。
我以一箭書❻，	我如魯仲連憑箭傳書，
能取聊城功。	完成攻取聊城的大功。
終然不受賞，	我終究沒有接受賞賜，
羞與時人同。	因為羞於與俗人相同。
西歸去直道，	我要西歸走筆直大道，
落日昏陰虹❼。	日暮昏沉陰雲蔽霓虹。
此去爾勿言，	你不必囉嗦再說下去，
甘心如轉蓬❽。	我甘心做飄轉的飛蓬。

❶ 蠶涸：養蠶工作完畢。桑柘：桑葉柘葉，皆可飼蠶。

❷ 機杼，古代織布用具上的兩種重要部件，機用來轉軸，杼用來持緯，因而借代為織具。簾櫳：掛着簾子的窗戶。

❸ 山東：太行山以東地區。

❹ 下愚：智能低下的人，指汶上翁。忽：輕視。壯士：李白自稱。

❺ 窮通：窮困顯達，指仕途上的得與失。

❻ 一箭書：戰國時燕將攻下齊國的聊城（今山東省聊城市），聊城人到燕國施反間計，燕將畏懼，遂保守聊城，不敢歸國。齊將田單反攻聊城年餘，士卒死傷眾多而攻不下，齊人魯仲連寫封信綁在箭上射進城裡，動以利害，燕將見信哭

了三天，遂自殺身亡，聊城於是不戰而下。事後齊王要賜以官爵，魯仲連不接受，躲到海邊隱居。李白十分佩服魯仲連的才能以及他幫助人而不要酬報的品德，所以詩中經常提及他。這裡以魯仲連自比，表明自己的卓越才能與高潔人格。

❼ 陰虹：雲霧遮蔽彩虹，以自然景色喻朝政不靖，李林甫、楊國忠等奸臣蒙蔽國君。

❽ 蓬：蓬草，秋枯根拔，隨風飛轉，故又名飛蓬、轉蓬。

【賞析】

　　這首詩分兩部分。前八句為第一部分，寫初到東魯所見初夏農村景物，來魯目的，以及問路時遭汶上翁譏笑的經過。後十句寫自己對汶上翁的回答，表述自己的懷抱。前部分敘事，後部分抒發情懷，銜接自然，了無痕跡。

　　李白的作品一向是以誇張與幻想為其藝術特色。這首詩卻以自然平白的話語來表達，寫得形象生動。例如首四句，詩人就能抓住事物的特徵，如實地把初夏東魯的農村景象栩栩如生地展現在讀者眼前，十一至十四句用魯仲連的故事形象地抒寫自己的才能與襟懷。

嘲魯儒

【題解】

　　此詩與前詩當創作於同時，均為李白寄寓山東之作。山東是孔子的故鄉，是儒學的發源地，禮教傳統自然較為濃厚。李白來此，不是為習經書，謀取功名，而是為學劍而來。思想觀念與當地儒生自是格格不入。前詩汝上翁譏笑他僅是一例，所以李白除寫了前首回答汝上翁對自己的輕視，表明自己襟懷後，意猶未足，又寫了此首，嘲笑了他們是只會死背儒家經典，對治國策略一竅不通的儒生，表現了詩人經世濟民的遠大抱負。

　　魯儒，魯地的儒生，山東曲阜一帶的讀書人。

【譯注】

魯叟談五經 ❶，	魯地的老儒生只識談五經，
白髮死章句 ❷。	白髮蒼蒼還在死守着章句。
問以經濟策 ❸，	詢問他有關經國濟民良策，
茫如墜煙霧。	茫然無所知如墜入五里霧。
足著遠遊履 ❹，	他腳穿繡着花紋的遠遊履，
首戴方山巾 ❺。	頭上戴端正莊重的方山巾。
緩步從直道，	沿着直道慢慢地踱着方步，
未行先起塵。	沒起步長衫已拂起了灰塵。
秦家丞相府 ❻，	想當年秦始皇的丞相李斯，
不重褒衣人 ❼。	瞧不起寬衣博帶的讀書人。
君非叔孫通 ❽，	你們這些人還不如孫叔通，
與我本殊倫 ❾。	跟我本非同軌道上的車輪。
時事且未達，	你們連時事變化都不懂得，
歸耕汶水濱 ❿。	不如歸家務農於汶水之濱。

❶ 五經：儒家的五部經典。即《詩》、《書》、《禮》、《易》、《春秋》。

❷ 章句：分析古書的章節，句讀。辭語意已盡的地方叫「句」，句中語氣須停頓的地方為「讀」，讀，音逗。

❸ 經濟策：經世濟民的策略，即治國的策略。

❹ 遠遊履：一種繡有花紋的鞋。

❺ 方山巾：古代儒生所帶的一種頭巾，取名方山表示其端正莊重之意。

❻ 秦家丞相：指秦相李斯。他曾建議秦始皇焚書坑儒，以打擊儒生的是古非今的行動。

❼ 褒衣：衣襟寬大，褒衣博帶，古代儒生的裝束，猶言寬袍大帶。

❽ 叔孫通：漢初薛縣（今山東省棗莊市薛城區）人，本來是秦朝博士（皇帝顧問
和掌管圖籍的官），後降漢為博士，他見劉邦不喜儒服，就改穿短衣。劉邦取
得天下後，他回魯地招聘儒生為劉邦制訂朝儀，得三十餘人。有兩個儒生不肯
應聘，還斥責他所為「不合古」，當即遭到叔孫通的反譏：「若真鄙儒也，不知
時變（你們真是沒有見識的書獃子，不懂得隨時勢而變化）。」

❾ 殊倫：不同類型的人。

❿ 汶水：即今大汶河，在山東省。

【賞析】

　　這首詩前四句批評魯儒的讀書方法和讀書目的都是不正確的。他們
只知死讀書，而不是將所讀的東西用於經世濟國 —— 治理國事方面。接
着四句通過魯儒的衣飾和舉手投足以漫畫的手法勾勒出他們的呆板迂腐。
「遠遊履」、「方山巾」是上古文人的衣冠，而今仍然穿着說明其食古不
化，落後過時。「緩步從直道」、「未行先起塵」，形容其行動沉滯遲鈍。
結尾四句表明自己雖然也是讀書人，但決不與之同流，而要保持獨立性。
他們這些人是「不知時變」的「鄙儒」，只宜返鄉務農。詩句中憎惡之情
溢於言表。

烏棲曲

【題解】

　　這首詩是李白遊覽姑蘇時所作，時間約在天寶元年（公元 742 年）入長安之前。李白當時曾經漫遊江南，遍覽吳越一帶的歷史風物，寫下了不少懷古諷今的詠史詩。此首與後面的《蘇臺覽古》、《越中覽古》均係此時期創作的。

　　《烏棲曲》，沿用六朝樂府《西曲歌》舊題，梁簡文帝、梁元帝、蕭子顯、徐陵均有此題之作。內容多是寫貴族奢靡的夜生活的。李白這首詩借用舊題來懷古，抒發內心感慨，賦予了新的內容。據說李白在長安時，祕書監賀知章稱之為「謫仙人」；讀了這首《烏棲曲》，讚嘆道「此詩可以哭鬼神矣！」，足見這首詩的震撼力。

【譯注】

姑蘇臺上烏棲時 ❶，	姑蘇臺上烏鴉回巢棲息，
吳王宮裡醉西施 ❷。	吳王宮裡西施沉沉醉意。
吳歌楚舞歡未畢 ❸，	妙歌曼舞玩樂猶未滿足，
青山欲銜半邊日。	半輪紅日已被青山吞入。
銀箭金壺漏水多 ❹，	黑夜將消逝時光真快呵，
起看秋月墜江波 ❺，	起看秋月已經墜落江波。
東方漸高奈樂何 ❻！	天漸亮對尋樂者又奈何！

❶ 姑蘇臺：故址在今江蘇省蘇州市西南姑蘇山上，春秋時吳王闔閭所築，其子夫差即位後加以增建，耗盡民力，三年乃成。橫亘五里，於其上立春宵宮，以為長夜宴樂之用；後來越國攻吳，吳太子友戰敗，遂焚其臺。烏棲時：日暮，群鳥棲息之時。

❷ 西施：春秋時越國有名的美女。吳越交戰越王勾踐為吳所敗。勾踐知道夫差好色，利用美人計，把西施獻給夫差。夫差迷戀女色，日夕與西施為樂，荒廢政事，終於被越國滅掉。

❸ 吳歌楚舞：指江蘇、浙江、安徽、湖北、湖南一帶的歌舞。

❹ 銀箭金壺：古代一種計時儀器，金壺係銅製，壺中裝滿水，下有細孔讓水滴漏。銀箭係壺中刻有時辰的直立的浮標，隨着水的滴落，浮標所指的刻度逐漸變化，人們從此可以看出時間。又稱漏壺或滴壺。

❺ 秋月墜江波：形容黑夜已去，黎明到來景象。

❻ 高：皓的通假字，白的意思。

【賞析】

　　這首詩由「烏棲時」,「青山銜日」而「秋月墜波」,描寫吳王不分畫夜,尋歡作樂不理政事,終於導致國家覆滅。但詩人並不明揭此一主旨,而是只將其自日而暮,自暮而夜,自夜而晨的連續行樂過程寫出,其中留下一大片空白,讓讀者用想像去填充。

　　此詩的末句特別值得注意,《烏棲曲》大都是四句足篇,也有六句的,李白創造性的在六句之後綴上一個單句,詩評家譽為「格奇」、「有不盡之妙」。「東方漸高奈樂何!」可以有兩種不同的解釋,一是吳王「起看」窗外天色,恨春宵苦短,發出無可奈何的感喟,這句是感喟句;另一個意思為,即使「東方漸高」,又奈何得了吳王,他照樣可以行樂下去,這是反問句;也可以將它解釋為「為樂難久」,「樂極生悲」,這種淫樂生活終必導致國家的覆亡以及自身毀滅。

　　必須注意到這首詩的寓古諷今,其中蘊涵着諷刺唐玄宗的意旨。有人說:「此太白借吳王以諷明皇之於貴妃也。」唐玄宗在開元末年(公元741年),將楊玉環偷偷納入宮中。天寶四年(公元745年),正式封為貴妃,從此以後就和楊貴妃片刻不離,過着沉湎聲色的生活。白居易在《長恨歌》中形容他「春宵苦短日高起,從此君王不早朝」,這和《烏棲曲》中的吳王有什麼兩樣?讀此詩時不可不注意到此點。

【題解】

　　這首詩也是李白南遊吳越詠古之作。蘇臺，即姑蘇臺，見前詩。

　　《蘇臺覽古》與《烏棲曲》所寫的古跡相同，但從古跡中所引發的感慨不同。《烏棲曲》中詩人見到姑蘇臺，想起的是吳王的沉迷酒色，這首則是通過臺苑的頹圮，引發出景物依舊，而人事已非的無限感慨。

【譯注】

苑舊臺荒楊柳新 ❶，	苑臺荒涼而柳色依然新，
菱歌清唱不勝春 ❷。	採菱歌使春光多增幾分。

只今惟有西江月 ❸，　　　　　　而今只有西江上的明月，

曾照吳王宮裡人 ❹。　　　　　　曾照吳王宮裡的嬪妃們。

❶　苑：古代蓄養禽獸種植林木的地方，多為帝王貴族遊玩和打獵的園林。

❷　菱歌：船家女採菱時唱的歌。菱，植物名，生在池沼中，根生在泥裡，葉子浮
　　在水面，花白色，果實的硬殼有角，果肉可供食用，通稱菱角。春天非採菱季
　　節，所以菱歌確切地說應為船家女駛過菱田唱的歌。不勝春：無盡的春意。

❸　西江：指長江，長江水自西而東，位在蘇州西面，故稱。

❹　宮裡人：宮中的嬪妃，也可以說特指西施。

【賞析】

　　這首詩一開始就寫出姑蘇臺宮苑臺榭的破敗荒蕪景象，與當年修築此
臺時的富麗堂皇、宏偉雄壯相比，愈顯今日的「苑舊臺荒」，可見歷史是
多麼的無情。詩中一方面寫出「苑舊臺荒」，另一方面又寫「楊柳新」，
說明了大自然的運行規律並不因人事的無常而有所改變。楊柳照常當春生
發，蓬勃的生機更反襯出苑臺的頹敗。第二句中船女清唱的菱歌也與「楊
柳新」同樣起反襯作用，是以活潑動態反襯苑臺的死寂。最後二句是說顯
赫一時的君王夫差及其寵愛的美人都已消逝得無影無蹤，而一千多年前曾
經照耀他們的明月依然光芒四射的照耀着大地，說明了時間的無情，任何
富貴與權勢均不能久長，一切終歸幻滅，所有的追求均屬徒勞無功，只有
自然景物是永恒的。

越中覽古

【題解】

　　這首詩與《烏棲曲》、《蘇臺覽古》同是詩人入長安前漫遊吳越時的作品。越中，指會稽，故址在今浙江省紹興市，春秋時越國曾建都於此。

　　這是一首覽古抒懷之作，寄寓了詩人對世事多變幻、榮華富貴無常的感慨。

【譯注】

越王勾踐破吳歸 ❶，
義士還家盡錦衣 ❷。

越王勾踐破滅吳國凱旋而歸，
戰士們高官厚祿衣錦還故里。

宮女如花滿春殿 ❸，　　　　　　嬌艷的宮女佈滿華麗的宮殿，
只今惟有鷓鴣飛 ❹。　　　　　　而今只見到隻隻鷓鴣在環飛。

❶ 越王勾踐：勾踐（公元前？至前 465 年），春秋末年越國君，公元前 497 至前
　　465 年在位，曾大敗於吳，屈辱求和，後來臥薪嘗膽，刻苦圖強，任用賢臣，
　　整頓國政。經過二十年的努力，終於轉弱為強，滅亡吳國，成為南方諸國中的
　　霸主。第一句就寫的是滅吳事。

❷ 義士：一作戰士。錦衣：衣錦還鄉，形容人富貴之後，得意回返故鄉的情狀。

❸ 春殿：形容宮殿的華麗。

❹ 鷓鴣：鳥名。羽毛大多黑白相雜，是橙黃至紅褐色，棲息於生有灌叢和環樹的
　　山地，啼聲哀婉。野生禽鳥在宮殿裡飛來飛去，說明其荒涼淒清。

【賞析】

　　這首詩前三句極力渲染越國全盛時繁華景象：滅吳凱旋而歸，戰士衣
錦還鄉，滿殿美艷宮女。然後只用最後一句作強烈對比，說明富貴榮華只
似過眼雲煙，一切都是短暫的不可以一瞬。這最後一句真是力有千鈞，非
李白這樣大手筆無法做到。

　　本詩的題材與主旨跟前首《蘇臺覽古》相近，但表現手法不同。前首
重點置於吳國的衰亡上，全詩各句都為照應此點而寫；此首則前三句極寫
越國極盛時的顯赫繁華，然後用末句的景物將上面所寫的統統一筆勾銷。
由此顯示李白創作技巧的純熟，變化自如。

金陵酒肆留別

【題解】

　　這首詩是李白在天寶元年（公元742年）暮春遊金陵（今南京市）時作。李白少時，即受古代遊俠的輕生重義，勇於救人急難，慷慨好施、一諾千金的舉止的影響。由於他胸襟寬闊，輕財好施，所以贏得了許多友情。

　　這是一首留別詩。是李白將要離開金陵，一群朋友在酒肆（酒店）為他餞行，他深受感動，於是寫了此詩，留作分別的紀念。

　　留別，留詩作別。

【譯注】

風吹柳花滿店香 ❶，	春風吹來滿店柳花酒芳香，
吳姬壓酒喚客嘗 ❷。	吳地姑娘捧酒讓客人品嘗。
金陵子弟來相送，	金陵年輕朋友紛紛來相送，
欲行不行各盡觴 ❸。	主客開懷暢飲真淋漓酣暢。
請君試問東流水 ❹，	請您問問日夜東流的江水，
別意與之誰短長 ❺。	離別情意和它相比誰更長。

❶ 柳花香：柳花即柳絮，柳樹的種子，上面有白色絨毛，隨風飄揚，沒有香味，詩人是指整個空氣充滿春天的芳菲而言。有人說是指柳花酒香，古代印度古國訶陵國有用柳花製酒，唐代傳入亦未定。這裡可視為雙關語。

❷ 吳姬：吳地女子。吳是春秋時的國名，在今江蘇一帶。壓酒：古代米酒釀熟後，飲用時才壓槽取汁。

❸ 欲行不行：欲行，指詩人自己；不行，指金陵子弟。盡觴：盡情狂飲。

❹ 水：指長江水。

❺ 之：指東流水。誰短長：誰短誰長，實際上是偏於長，即誰更長。

【賞析】

第一二句寫酒肆內外情景。外面是風吹柳絮，漫天飄揚。酒肆裡滿店生香，這香是店外春花散發出來的芬芳被送吹進來，再加上酒香，香味就更濃郁了。在瀰漫着芳香的店裡，又有吳地美麗如花的姑娘給客人壓酒，慇勤招待，氣氛更加熱烈。就在這種情況下，一群金陵子弟湧進酒店為李白送行，來了之後不是依依惜別，而是主客開懷暢飲，你乾一杯，我也乾

一杯。可以看出李白所結交的朋友均是豪放樂觀之輩，不做為別離而哽咽無語的兒女態。最後詩人用設問句把離情別意與滾滾東流的江水相比，看誰更長，實際上是說離情更長，綿綿不絕。離情別意是抽象的，把它與具體的江水相比，就使得它變為可以用視覺看得見的東西了。後來劉禹錫的「欲問江深淺，應如遠別情」以及李後主的「問君能有幾多愁，恰似一江春水向東流」，用江水比喻離情，並以問句出之，均脫胎於此詩。

中國人一向把離別看得很重，當成是令人斷腸之事，所以江淹的《別賦》有「黯然銷魂者，唯別而已矣」之句，並成為傳誦的名句。詩中寫離別時總是把場面寫得冷冷清清，悽悽慘慘戚戚。這首詩一反傳統，把離別場面寫得熱鬧非凡，《贈汪倫》中也有這種情況：「李白乘舟將欲行，忽聞岸上踏歌聲」，寫送行人一面唱歌，一面腳踏地打節拍跳舞，與此詩的二三句有異曲同工之妙，顯示出李白性格豁達的一面。

其實，外表的熱鬧有時更能反襯離別時內心的孤苦。

這首詩結構方面亦有特色。它由三聯構成，很有層次地連接在一起。第一聯和第二聯是以「酒」來貫通的。第二聯與第三聯則是以「別意」來貫串的。最後一句「別意」與第一句的「柳」（諧音「留」）相互應，又扣在一起。當然更重要的是以「情」為主線，使之成為天衣無縫的佳作。

南陵別兒童入京

【題解】

天寶元年（公元 742 年），李白正在剡州（今浙江省嵊州市一帶）隱居，因友人推薦被唐玄宗徵召進京，於是他從剡州回到南陵（今安徽省南陵縣）向家人告別，此詩就是他與妻兒分別時所作。詩中抒發了得以施展抱負的雀躍之情。

【譯注】

白酒新熟山中歸，　　　　　白酒剛釀熟我從山中回歸，
黃雞啄黍秋正肥。　　　　　黃雞啄黍子秋天渾身圓肥。

呼童烹雞酌白酒，	呼喚童子烹炒雞肉斟白酒，
兒女嬉笑牽人衣。	兒女歡天喜地牽拉我的衣。
高歌取醉欲自慰，	痛飲高歌借醉意自我寬慰，
起舞落日爭光輝。	翩翩起舞落日為我添光輝。
遊說萬乘苦不早❶，	遊說皇帝效勞機會恨太遲，
著鞭跨馬涉遠道。	快馬加鞭遠途跋涉趕道疾。
會稽愚婦輕買臣❷，	昔日會稽愚婦輕視朱買臣
余亦辭家西入秦❸，	如今我也離開家西行入秦。
仰天大笑出門去，	仰望天空哈哈大笑出門去，
我輩豈是蓬蒿人❹。	我豈是長居村野庸碌之人。

❶ 遊說：戰國時策士周遊列國，向各國國君陳說形勢，提出自己的治國主張，打動他們採納這些主張，以實現抱負。萬乘：指皇帝，一車為四乘，周朝制度，天子擁有萬乘，故稱。

❷ 買臣：指朱買臣，西漢會稽郡吳縣（今江蘇省蘇州市吳中區及相城區）人，早年貧困，靠打柴賣柴維持生計，一方面發憤苦讀。妻子看不起他，離他而去。後來他做了會稽太守，妻子羞愧自盡。

❸ 入秦：赴京城。秦，指長安，古屬秦地。此句與上句合起來是說，過去自己曾被一些勢利小人譏笑，現在終於有一展抱負的機會。

❹ 蓬蒿人：指居於草野民間庸碌無所作為的人。

【賞析】

　　李白少有壯志，常常自比管仲、諸葛亮，可是從他二十五歲「仗劍去國，辭親遠遊」起，直到四十二歲接到唐玄宗詔書的十幾年中，雖然文名

大噪，名滿天下，但始終得不到皇帝的賞識，一展自己抱負，期間還遭到許多挫折和勢利小人的譏嘲。因此，當他受到皇帝的徵召的時候，想到自己「濟蒼生」、「安社稷」的理想即將實現，不禁心潮澎湃，在歌舞狂飲之後，寫下了這首詩。

此詩直抒胸臆，毫不掩飾地表達了詩人的狂喜之情。「高歌取醉欲自慰，起舞落日爭光輝」，形象地描繪出詩人手舞足蹈的雀躍之情。「仰天大笑出門去，我輩豈是蓬蒿人」，詩人的躊躇滿志、睥睨一切的豪氣在此表露無遺。在此我們還看到其他詩人所沒有的想唱就唱、想舞就舞、想飲就飲、想笑就笑的天真可愛。

玉階怨

【題解】

　　《玉階怨》，樂府舊題，屬《相和歌‧楚調曲》，是專寫宮女幽閉深宮的怨恨之情的樂曲。玉階怨，即宮怨。李白利用舊題，映現古代社會中宮女的悲慘命運，這首詩可能是李白到達長安之後，耳聞目睹宮女的不幸遭遇後，受到觸動而命筆的。這一時期他還寫了《妾薄命》、《怨歌行》等篇，其中都表現出他對宮女命運的關注，顯示出詩人的人道同情。

【譯注】

玉階生白露 ❶，	玉砌的臺階凝結白露，

夜久侵羅襪 ❷。　　　　　　　夜已深露水浸濕羅襪。

卻下水精簾 ❸，　　　　　　　回到房中垂下水晶簾，

玲瓏望秋月 ❹。　　　　　　　仍然凝望皎潔的秋月。

❶　玉階：白石砌成的臺階，「玉」乃形容其居處的華美富麗，只有宮室可堪當之。
　　可見詩中的女主角係嬪妃宮女之屬。白露：潔白的露珠，點明時節在深秋。

❷　夜久：夜已深，點明主人公佇立玉階很長時間。侵：浸濕。羅襪：輕紗羅織成
　　的薄而透明的襪子。

❸　卻：還。水精簾：水晶製成的簾子。

❹　玲瓏：晶瑩透明。

【賞析】

　　這首詩寫主角內心的哀怨，但通篇不着一個怨字，卻句句皆滿含怨
情。詩人通過女主角的一系列動作 —— 先是佇立玉階，露侵羅襪，接着
入室垂簾，隔簾望月，都從側面運用含蓄的藝術手法，突出地表現出女主
角幽怨、孤寂的精神世界，令人為之灑一掬同情之淚。

　　又詩中呈現出晶瑩透明的意象是通過玉階、白露、羅襪、水精簾、秋
月顯露出來。在此，李詩的「清麗」一面獲得充分的展示。

清平調詞三首

【題解】

　　這首詩是寫於天寶初。那時李白在長安任唐玄宗文學侍從（翰林供奉）。一日，唐玄宗與楊貴妃在興慶宮龍池東的沉香亭前觀賞牡丹，命李白寫新詞進呈。據說那時李白醉酒方醒，提起筆馬上寫了這首詩呈上。

　　清平調，題為樂府調名，其實是李白自創之題。

【譯注】

其一

雲想衣裳花想容，	雲彩羨慕衣裳花羨慕姿容，

春風拂檻露華濃 ❶，　　　　　　春風拂檻帶露的花兒艷濃。

若非群玉山頭見 ❷，　　　　　　若不是群玉山頭方能見到，

會向瑤臺月下逢 ❸。　　　　　　須在瑤臺月光下才可相逢。

❶　拂檻：吹拂欄杆。

❷　群玉山：西王母所居之地，此處泛指仙山。

❸　會：應當。瑤臺：神話中神仙所居之處。

其二

一枝紅艷露凝香 ❶，　　　　　　一枝紅艷的牡丹含露凝香，

雲雨巫山枉斷腸 ❷。　　　　　　巫山神女見了也羞愧斷腸。

借問漢宮誰得似？　　　　　　　請問漢宮美女誰能比得過？

可憐飛燕倚新妝 ❸。　　　　　　可憐趙飛燕都要倚仗新妝。

❶　紅艷：指牡丹。全句的含露凝香的牡丹比喻楊貴妃的美麗。

❷　雲雨巫山：指巫山神女。用宋玉《高唐賦》裡的故事：楚懷王遊高唐（臺觀
　　名），夢見與巫山神女幽會。神女臨別時說自己「旦為朝雲，暮為行雨」。枉
　　斷腸：是說巫山神女見了牡丹花的美艷都要自愧不如而難過得「斷腸」。

❸　飛燕：趙飛燕。漢成帝寵妃，著名美女，體態輕巧，能做掌上舞。

其三

名花傾國兩相歡 ❶，　　　　　　名花美人二者都惹人喜歡，

長得君王帶笑看 ❷。　　　　　　長久博得君王含笑地觀覽。

解釋春風無限恨，　　　　　　　消釋春風帶來的無限愁恨，

沉香亭北倚闌杆 ❸。　　　　　　二人憑倚沉香亭北的闌杆。

0 名花：指牡丹。傾國：指楊貴妃，漢代李延年《佳人歌》云：「北方有佳人，
　絕世而獨立，一顧傾人城，再顧傾人國。」後人因而用「傾城傾國」形容婦女
　的美麗，使全城全國的人都為之傾倒。

2 君王：指唐明皇。

3 沉香亭：在興慶宮龍池東，以沉香木建成。

【賞析】

　　這三首詩處處寫花，實際上是處處寫人。寫得很有技巧：第一首用雲彩和花朵比喻楊貴妃姿容之美，其中「本體」（楊貴妃）與喻體（雲花）之間用「想」來聯繫，而不是一般的用「好像」、「是」等來聯繫，十分新穎。由雲想到美人衣裳，由花思及美人容貌，花人交合，難以分辨。第二首用牡丹的「紅艷露凝香」比喻楊貴妃。「紅艷」從視覺寫其色澤鮮明，「凝香」從嗅覺寫其香味濃郁，「露」含有香味，是通感寫法，將嗅覺與視覺打通。此句美人清澈透明的皮膚散發濃香，再和紅艷融合在一起。除此之外，二首詩還透過神話境界，神話中的仙子與歷史上的人物來襯托楊貴妃的美，使得對楊貴妃的美的頌讚不顯空泛、一般、單調。

　　第三首主要是從楊貴妃給唐明皇帶來的無限歡樂描寫她的美，顯示出三詩的主旨所在。

　　這三首詩「合花與人而言之」，寫花亦寫人，寫人又寫花，人面與花容已融合在一起，讀時分也分不清了。

下終南山過斛斯山人宿置酒

【題解】

　　此詩約作於天寶初年李白在長安隱居終南之時。詩中寫詩人有一天下山訪問姓斛斯的隱士，在他家中飲酒高歌，賓主皆醉的情景。

　　終南山，在今陝西省西安市南，綿亘八百餘里，唐代士人多隱居於此山。過，訪問。斛斯山人：姓斛斯（雙姓）的隱士。可能是指斛斯融，是一位酒徒。

【譯注】

暮從碧山下，	日暮時分我從青山上走下，

山月隨人歸❶。　　　　　　　　山上的明月也隨我們回歸。

卻顧所來徑，　　　　　　　　　回過頭看看來時山間路徑，

蒼蒼橫翠微❷。　　　　　　　　蒼蒼茫茫橫在青翠山坡裡。

相攜及田家，　　　　　　　　　我們手牽手來到了他的家，

童稚開荊扉❸。　　　　　　　　天真的兒童迎上打開門扉。

綠竹入幽徑，　　　　　　　　　穿過綠竹進入幽靜的小徑，

青蘿拂行衣❹。　　　　　　　　青蘿把我們的衣服輕拂拭。

歡言得所憩，　　　　　　　　　歡樂地談笑使人得到休憩，

美酒聊共揮❺。　　　　　　　　暢飲美酒姑且一起來乾杯。

長歌吟松風，　　　　　　　　　長歌曼吟伴奏的是松濤聲，

曲盡河星稀❻。　　　　　　　　曲終歌畢銀河中星辰已稀。

我醉君復樂，　　　　　　　　　我喝醉了你也沉浸於歡樂，

陶然共忘機❼。　　　　　　　　心境澄靜忘記了一切名利。

❶　隨人歸：李白可能在半路上遇到斛斯山人和他一同回家。人，指他們二人。

❷　翠微：草木繁密的翠綠山坡。

❸　荊扉：柴門。

❹　青蘿：即女蘿，又叫松蘿，一種寄生植物，常從樹梢懸垂，形狀像絲帶。行
　　衣：行人的衣服。

❺　揮：舉杯（飲酒）。

❻　河星稀：銀河中星辰稀少，表示夜已深。

❼　陶然：陶醉歡樂的樣子。忘機：道家語，忘掉機巧之心，即不再計較名利得
　　失，與世無爭。

【賞析】

　　前四句點明下山時間以及到山人家一路所見景色，日暮的蒼茫與靜謐的氛圍渲染得十分具體。山月隨人歸更點明了人與大自然的親密無間，因此這首詩的主人公除作者與山人外，還有月亮，它陪伴詩人與山人飲酒狂歌。接着四句寫到山人家主人的好客，主人與之相攜歸，童稚敞開柴門歡迎，綠竹引導他入幽徑，青蘿亦依依地拂拭其衣。正是在這種友好的環境下出現了其下的四句：賓主開懷暢飲，盡情狂歌，直至銀河星稀。這時完全忘記了世俗的一切煩惱，內心除了歡樂，別無他物，田園生活的美好在他處是無法領略到的。最後二句中詩人向讀者透露此一信息。「我醉君復樂」是互文：「我醉樂君復醉樂」，這點讀時須注意及之。

宮中行樂詞（八首選一）

【題解】

　　這組詩應該是天寶二年（公元743年），李白在長安任唐玄宗文學侍從時應詔之作。孟棨《本事詩・高逸》載：唐玄宗曾因宮人行樂，命李白寫《宮中行樂》五言律詩十首。李白因醉，怕出言衝撞說：「今已醉，倘陛下賜臣無畏（放大膽子無所畏忌地寫），始可盡臣薄技。」唐玄宗答應了，李白「取筆抒思，略不停綴，十篇立就，更無加點（沒有修改）」。可見原有十首，今有八首，遺失二首。

　　這類詩本來不過是用華麗詞藻，鋪排宮中聲色之娛，粉飾太平盛世，討皇帝喜歡之作。李白寫來，卻另有深刻意義在。

【譯注】

盧橘為秦樹 ❶，	江南的金橘在秦地生長，
蒲桃出漢宮 ❷。	西域的葡萄落戶於漢宮。
煙花宜落日，	繁花與夕陽相映更燦爛，
絲管醉春風。	管弦樂合奏沉醉於春風。
笛奏龍鳴水 ❸，	笛音起處游龍鳴於水中，
簫吟鳳下空 ❹。	簫聲諧婉鳳凰下空舞動。
君王多樂事，	君王有許許多多的樂事，
還與萬方同 ❺。	享樂還應與老百姓共同。

❶ 盧橘：即金橘。生時青盧（黑）色，黃熟則如金，故稱盧橘、金橘。原產於我國，分佈於長江流域及以南各地。花白色，通常五出，果肉味甜或酸，可供生食。樹可供觀賞。

❷ 蒲桃：即葡萄。原產西域，漢時張騫出使西域帶回來種植的。

❸ 笛奏：馬融《長笛賦》中說：羌人（中國古代西部的少數民族，五胡之一）伐竹，聽到龍鳴而不見其形；後來截竹為笛而吹，其聲與龍鳴相似。

❹ 簫吟：用蕭史事。《列仙傳》云：春秋時蕭史善吹簫，為秦穆公女兒弄玉所傾慕。穆公把女兒嫁給他。婚後，每天教弄玉作鳳鳴，過了幾年，吹的簫聲似鳳鳴，鳳凰聽了飛來停在屋頂上。穆公特意為之造鳳臺，夫婦居其上，好幾年都不下來。有一天騎鳳飛走，然而鳳臺上空還不時傳來簫聲。

❺ 萬方：萬邦。本來是指各方諸侯，後來引申為指全國各地或各地區，這裡指全國庶民百姓。

【賞析】

　　這首詩前六句極寫帝王在宮中的享受。「盧橘」和「蒲桃」可供觀賞，也可供食用，前者產於長江一帶，後者出自西域，本非長安之物，而今均被遷來秦地與漢宮，說明皇帝宮苑多珍奇之物。花團錦簇，夕陽如血，相映之下更顯出宮室的富麗堂皇。管弦合奏、笛音簫聲四起，把宮中行樂表現得淋漓盡致。寫到這裡詩人把筆一轉，告誡國君：只顧一己獨樂是要不得的，作為萬方之主的帝王，理應與庶民同樂才是。當唐玄宗命李白作詩時，李白請帝賜其「無畏」，這二句即是「無畏」之言。畫龍點睛，給這類歌功頌德、粉飾太平的詩注入了生命，可以說是「化腐朽為神奇」了。

月下獨酌（四首選一）

【題解】

　　《月下獨酌》是組詩，共四首。所選乃其中一首。李白於天寶元年（公元742年）應唐玄宗詔入京侍奉內廷，本來他極想一展抱負，作一番事業，但才一年多，由於權貴的讒陷，被排擠離開長安。這首詩寫於天寶三載（公元744年）春，離開長安之前。詩中通過詩人在花間月下獨酌（自斟自飲）表現出孤獨寂寞的心境，以及渴求知音的情懷。

【譯注】

花間一壺酒，　　　　　　　　繁花叢中擺一壺酒，

獨酌無相親❶。	自斟自飲無人親近。
舉杯邀明月，	端起酒杯邀請明月，
對影成三人❷。	與影相對合成三人。
月既不解飲，	月亮既然不會飲酒，
影徒隨我身。	影子徒然跟隨我身。
暫伴月將影❸，	無奈暫與月影相伴，
行樂須及春。	行樂須趁春日駕臨。
我歌月裴回❹，	我放聲唱月亮徘徊，
我舞影零亂❺。	我起身舞影子零亂。
醒時同交歡，	酒醒之時共同交歡，
醉後各分散。	酒醉之後各自分散。
永結無情遊❻，	永遠結成忘我情誼，
相期邈雲漢。	他日邈遠天際再見。

❶ 獨酌：獨自飲酒。

❷ 三人：指我、影子、月亮。

❸ 將：與。

❹ 裴回：同徘徊，指月亮被我的歌聲所感動，徘徊不去。

❺ 零亂：形容影子隨人起舞，搖晃不定的樣子。

❻ 無情：即莊子所謂的「忘我」，是人和自然交融，達至天人合一，物我兩忘的
　　境界。

【賞析】

　　大自然是醫治人們精神創傷的一劑良藥，雖然有時是短暫的。這是本

詩帶來的訊息。

李白在現實中遭受權貴的排擠，使自己濟世理想的晶球被砸碎。舉世皆醉，知音難求，為孤獨與寂寞之網所圍困。這時，只有婆娑的花影與皎潔的明月為伴。他用酒來澆愁，在欲醉還醒之際與明月共歌，同明月映出的影子共舞，達到物我兩忘，起碼在那短暫的時間內，他可以忘卻塵俗的煩惱，使心靈得到某些慰藉。當然，從詩中可以看出，李白希冀長期擺脫人間的孤獨與寂寞，所以最後在詩中發出「永結無情遊，相期邈雲漢」這沒有什麼把握的祈求。

這首詩以「獨」字貫串全詩。二至八句儘管寫得很熱鬧，但都是反襯「獨」的難堪。在一番熱鬧之後，結果仍不免是「醒時同交歡，醉後各分散」——天下無不散之筵席的現實，更何況這筵席本身也是「虛」的，而最後的祈求更表現出孤獨的李白內心的迷惘與無奈。

古代有不少詩人與酒並稱，最著名的有魏晉與北朝的阮籍、劉伶、陶淵明、初唐的王績。陶淵明將菊花融入詩與酒中，而李白則是將明月融入詩與酒中，成為中國傳統文化不可或缺的要素。所以晚唐詩人鄭谷有詩云：「何事文星與酒星，一時鍾在李先生。高吟大醉三千首，留着人間伴月明。」可見李白詩與明月的密切關係。

烏夜啼

【題解】

　　《烏夜啼》本是樂府舊題，相傳為南朝宋臨川王劉義慶所創。內容多是寫男女別離相思之情。

　　從詩中有「機中織錦秦川女」一語看來，詩可能作於李白寓居長安之時，詩中描寫一個閨中少婦思念遠方丈夫的痛苦。

【譯注】

黃雲城邊烏欲棲 ❶，	城邊黃雲起，烏鴉將棲時，
歸飛啞啞枝上啼。	飛返窠巢在枝上啞啞的啼。

機中織錦秦川女 ❷，	秦地的婦女在機上把錦織，
碧紗如煙隔窗語 ❸。	隔着朦朧窗紗與烏鴉對語。
停梭悵然憶遠人，	停罷織機內心惆悵念遠人，
獨宿孤房淚如雨。	孤零零守着空房淚下如雨。

❶ 城邊：城裡偏僻的地方。

❷ 秦川女：指蘇蕙，十六國時期竇滔的妻子。竇滔原是秦州刺史，後被前秦皇帝苻堅流放到流沙（今新疆白龍堆沙漠一帶），其妻蘇蕙思念他，就在錦緞上織成《迴文旋圖詩》寄給他。這首詩共八百餘字，可以順讀迴讀，詞意甚為淒婉。蘇蕙，始平（今陝西省興平市東北）人，故稱秦川女，詩中用這個典故，暗寓女主角是陝西人，思念戍守邊陲的丈夫。秦川，泛指今陝西秦嶺川北平原地帶，春秋戰國時屬秦國，故名。

❸ 碧紗如煙：形容日暮時分碧綠的窗紗像蒙上一層輕煙朦朦朧朧的樣子。

【賞析】

讀這首詩，必須與當時唐明皇好大喜功，不斷向邊疆發動戰爭的現實聯繫起來，在「烽火燃不息，征戰無已時」的情況下，多少丈夫要離開妻子去遠征，妻子不知丈夫死活，只有牽肚掛腸日夜思念，內心的痛苦可想而知。這首詩細緻地刻劃了這種心態，令人讀後流下一掬同情之淚。

這首詩情景交融。首二句寫日暮景色，曛黃的雲彩，歸巢鴉群的啼聲，與思婦悲涼的心情相一致。暮鴉歸飛，而人卻不得歸，引起思念。三四句寫人，女主角在煙霧般朦朧的景色中獨自給遠人織錦為《迴文》詩，無人與語，只有寂寞地與鴉對語，此情此景，人何以堪！末二句「孤房」中冷清寂寞的氣氛使得思婦無法繼續織下去，在肝腸寸斷之際只有以

淚洗面發洩內心的悒鬱。

　　讀完此詩，在同情該思婦之餘，能不對造成此現象、只圖擴張疆土而不顧民眾苦難的國君氣憤難平嗎？

子夜吳歌四首

【題解】

　　《子夜吳歌》是六朝樂府民歌的一種，它產生並主要流傳於以建康（今南京）為中心的長江下游地區。相傳是晉代名叫子夜的女子所創。內容多寫女子思念情人的哀怨之辭。《唐書·音樂志》說：「聲過哀苦，日常有鬼歌之。」《子夜歌》音調淒清哀婉，感人肺腑。所以《大子夜歌》讚曰：「歌謠數百種，子夜最可憐。慷慨吐清音，明轉出自然。」李白這組《子夜吳歌》是學習民歌的典範，它保持了民歌的風味，又有新的創造，可以看出民歌的乳汁是如何餵養李白成長的。

　　這組詩在《樂府詩集》中題為《子夜四時歌》，每首分別標明《春歌》、《夏歌》、《秋歌》、《冬歌》，各首的主角均為女性，第一首寫羅敷採桑，第二首寫西施採荷，第三四首寫妻子為戍守邊疆的丈夫縫製衣裳。不同季

節的不同景色引起詩人不同的感觸，發而為詩。

　　四首詩可能寫於不同時間，一、三、四首大概寫於客居長安時，第二首則大概寫於旅居吳越時，當然也不排斥均撰於長安。

【譯注】

其一

秦地羅敷女 ❶，	秦地有一個叫羅敷的女子，
採桑綠水邊。	她採桑葉於碧綠的河水邊。
素手青條上，	素白嫩手勞作於青枝條上，
紅妝白日鮮 ❷。	紅妝與白日相映分外鮮艷，
蠶飢妾欲去，	蠶子飢餓我得快快回家去，
五馬莫留連 ❸。	顯貴者勿在此地盤桓留連。

❶ 羅敷：漢樂府《陌上桑》古辭中的一位採桑女的名字，她姓秦名羅敷，十分美麗，有太守屬意於她，要她同車，她以已有丈夫拒絕了。

❷ 紅妝：女性的紅色裝飾，泛指婦女的艷麗裝飾。

❸ 五馬：五匹馬駕的車子。乘坐的人自然是非富即貴。

其二

鏡湖三百里 ❶，	美麗的鏡湖周圍三百里地，
菡萏發荷花 ❷。	滿湖盡是含苞待放的荷花。

五月西施採 ❸，　　　　　　　　仲夏五月西施在湖中採蓮，
人看隘若耶 ❹。　　　　　　　　觀看的人潮擠滿了若耶溪。
回舟不待月，　　　　　　　　　快快把舟放回不等月升起，
歸去越王家。　　　　　　　　　急急忙忙歸到越王勾踐家。

❶　鏡湖：又名鑑湖、長湖、慶湖，在今浙江省紹興市南。東漢永和五年（公元
　　140 年），會稽太守馬臻總納山陰、會稽兩縣三十六源之水為湖。東至曹娥江，
　　西至錢塘江，長一百二十七里，周圍三百五十八里，面積約二百零六平方公
　　里。水清如鏡，王羲之有「山陰道上行，如在鏡中遊」之句。

❷　菡萏：含苞待放的荷花。

❸　西施：春秋時越國美女，苧蘿（今浙江省諸暨市南）人，越王勾踐把她獻給吳
　　王夫差，成為夫差最寵愛的妃子。

❹　若耶：溪名。在浙江省紹興市南，出若耶山，北流入鏡湖，昔時溪畔有浣紗石
　　古跡，相傳西施曾浣紗（洗紗）於此。故一名浣紗溪。

其三

長安一片月，　　　　　　　　　長安城裡清冷的月光灑遍，
萬戶擣衣聲 ❶。　　　　　　　　千家萬戶傳出不絕擣衣聲。
秋風吹不盡，　　　　　　　　　陣陣的秋風永遠也吹不盡，
總是玉關情 ❷。　　　　　　　　那是思念玉門關征夫之情。
何日平胡虜，　　　　　　　　　何時才能平定侵邊的胡虜，
良人罷遠征 ❸。　　　　　　　　夫君得以結束長年的遠征。

❶　擣衣：用棍棒在砧石上錘擊布帛，使之柔軟平直，以備裁剪。

❷　玉關：玉門關，在今甘肅省西北小方盤城，是古時通往西域的重要通道，此地

泛指邊塞。

❸ 良人：古代妻子對丈夫的稱呼。

其四

明朝驛使發 ❶，	明天早上驛使就要出發，
一夜絮征袍。	妻子整夜填棉絮縫戰袍。
素手抽針冷，	素手抽着針都已凍僵了，
那堪把剪刀 ❷？	哪裡還能把持得住剪刀？
裁縫寄遠道，	裁剪縫製為了寄去遠道，
幾日到臨洮 ❸？	什麼時候才能到達臨洮？

❶ 驛使：古時傳遞書信和物品的使者。

❷ 把：動詞，把持，掌握。

❸ 臨洮：郡名，在今甘肅省臨潭縣一帶。

【賞析】

　　第一首《子夜春歌》。歌詠採桑女美麗堅貞。前四句用「綠水」、「青條」等明媚的春色來映襯羅敷的「素手」與「紅妝」，色彩鮮明艷麗，相得益彰。末二句通過言語，展現採桑女內心的美。她不但美麗，還勤勞不羨慕富貴，於是人物的內在與外在的美完全統一在一起了。

　　特別值得一提的是，在《陌上桑》中羅敷是美麗而潑辣的。當太守調戲她要她來共車時，羅敷的答覆是：「使君一何愚（你是個蠢貨）！使君自有婦（妻子），羅敷自有夫。」這首詩中則只是說：我要養蠶去，請你不

要在這裡留連忘返，顯得含蓄委婉，也寫出了女性美的另一面。可見繼承傳統，並非照抄，受傳統的束縛，而是要有所創造。

第二首《子夜夏歌》。西施的美貌與其不幸在詩中表露無遺。前四句用清明可鑑的三百里鏡湖以及湖中含苞待放、爭妍鬥媚的荷花來襯托西施的美艷，又用觀看（看花亦看人）的人頭湧湧，使若耶溪變得狹隘，進一步從側面來烘托。最後二句寫西施未等月升，欣賞月下的荷花的美姿，即乘小舟匆匆離去。在未有一筆正面描繪其姿容時只是驚鴻一瞥而走，給人留下無限的回味。

第三首《子夜秋歌》。不是寫某一位婦女而是寫眾多婦女的不幸遭遇。詩的調子變得淒涼了：清冷的銀輝下千家萬戶中的婦女為遠戍邊塞的丈夫，擣衣準備縫製冬衣，讓丈夫在寒冷的邊地能溫暖的過冬。「萬戶擣衣聲」並非李白真正聽到，而是想像。這一想像是合乎真實的，它是普遍的，所以在靜寂的月夜，這擣衣聲表現出思婦對丈夫刻骨銘心的懷念。人們讀時，這一聲聲正擣在讀者的心板上，引起了強烈的迴響。

古代裁剪衣裳一定先擣布帛，裁衣多在秋風起時，為了寄給遠方親人禦寒之用。所以六朝以來作品中常用此寫思婦的閨怨，但以李白這二句最為膾炙人口。

第四首《子夜冬歌》緊接第三首而寫。直述裁剪棉衣的具體動作與心態。因為怕趕不及驛使出發而整夜不停地縫製，即使手凍僵了，拿不住剪刀也要堅持下去，只是為了寒衣早日送到，使丈夫不挨凍。

行路難三首

【題解】

　　唐玄宗天寶元年（公元 742 年），李白應召赴京，他以為從此可以一展抱負，實現自己的政治理想，豈知三年的時間內，他只是做皇帝的文學侍從，陪皇帝玩樂，奉皇帝之命寫詩為文。他感到極度的失望，並越來越感到難以適應這種無聊的生活，遂於天寶三載（公元 744 年）春上書請辭，並離開了長安。這首詩可能寫於此時。

　　《行路難》是樂府「雜曲歌辭」調名，內容主要寫世路的艱難以及別離的哀傷。李白用樂府舊題抒發自己人生道路的坎坷不平，屢遭挫折的憤懣與不平。

【譯注】

其一

金樽清酒斗十千 ❶，	金杯裡的美酒每斗值十千，
玉盤珍羞直萬錢 ❷。	玉盤中的山珍海味值萬錢。
停杯投筯不能食，	停了杯放下筷我吃不下去，
拔劍四顧心茫然。	拔出劍舉目四顧內心茫然。
欲渡黃河冰塞川，	想渡過黃河冰塊塞住河川，
將登太行雪滿山。	將攀登太行大雪瀰漫山巒。
閑來垂釣碧溪上 ❸，	悠閑時釣魚在碧綠的溪上，
忽復乘舟夢日邊 ❹。	忽然又夢見在日邊乘着船。
行路難，	行路真難啊，
行路難，	行路真是難，
多歧路，	人生的道路交錯曲折，
今安在？	我應該往哪裡走才對？
長風破浪會有時，	我希冀有一天會乘風破浪，
直掛雲帆濟滄海 ❺。	掛起風帆渡過那青蒼大海。

❶ 金樽：精緻華美的酒杯。清酒：與濁酒相對，即美酒。斗：古代盛酒的容器，亦用作賣酒的計量單位。

❷ 羞：通饈，珍羞，美味的食品。直：通值，價值。

❸ 垂釣碧溪：傳說呂尚（姜太公，曾輔佐周武王滅商）尚未遇周文王時，曾在磻溪（今陝西省寶雞市東南）垂釣，過隱士生活。

❹ 乘舟夢日邊：傳說伊尹未得商湯起用前，曾夢見自己乘船經過日月之旁。

❺ 滄海：大海，因海水深而至青綠色。濟滄海：尋找神仙去，古人認為大海與天河相通。

其二

大道如青天，	大道寬廣有如青天，
我獨不得出。	只有我找不到出路。
羞逐長安社中兒 ❶，	我羞與長安里巷中的小人，
赤雞白狗賭梨栗 ❷。	去玩鬥雞走狗賭梨栗把戲。
彈劍作歌奏苦聲 ❸，	彈劍作歌彈奏出了悲苦之聲，
曳裾王門不稱情 ❹。	牽起前襟過王府內心不平。
淮陰市井笑韓信 ❺，	淮陰的市井之徒譏笑韓信，
漢朝公卿忌賈生 ❻。	漢朝一班公卿們猜忌賈生。
君不見，	你難道沒有看見，
昔日燕家重郭隗 ❼，	戰國時候燕昭王敬重郭隗，
擁篲折節無嫌猜 ❽。	清掃道路彎腰相迎表信任。
劇辛樂毅感恩分 ❾，	劇辛樂毅都深感燕王恩情，
輸肝剖膽効英才。	紛紛獻出了肝膽發揮雄才。
昭王白骨縈蔓草，	而今昭王白骨已蔓草縈繞，
誰人更掃黃金臺 ❿？	還有什麼人來拜掃黃金臺？
行路難，	行路真是難啊，
歸去來 ⓫！	不如歸隱鄉里把理想葬埋。

❶ 社：古代基層的社會組織，二十五家為一社，這裡泛指里巷。

❷ 赤雞白狗：指鬥雞走狗的賭博。賭梨栗，以梨栗作賭具的賭博。

❸ 彈劍作歌：戰國時馮驩在孟嘗君門下做食客，因不受重視，多次彈劍作歌表示自己的不滿。

❹ 曳裾王門：牽着衣服的前襟，出入王侯門庭，形容低聲下氣，投靠豪門。不稱情：不能稱心如意。

⑤ 淮陰：今江蘇省淮安市淮陰區。市井：古代指做買賣的地方，即街市。韓信：秦末淮陰人，曾輔佐劉邦奪取天下，他早年潦倒失意時，被市井中一位少年侮辱，要他從胯下爬過去。市人都嘲笑他。

⑥ 賈生：即賈誼，西漢政論家、文學家，時稱賈生。年少才高，甚為漢文帝器重。但受大臣周勃、灌嬰等排擠，貶為長沙王太傅。

⑦ 郭隗：戰國時燕人。據《史記》記載：燕昭王欲報齊仇，延攬人才，遂禮尊郭隗，為他改築宮室而尊之為師。樂毅、鄒衍、劇辛等人聞之，紛紛投靠，終於使燕國興盛富強。

⑧ 擁篲：拿着掃帚。折節：彎曲肢節。據《史記》載：鄒衍來燕，燕昭王「擁篲先驅」，即拿着掃帚在前面掃地領路，以表示敬意。無嫌猜：沒有嫌疑猜忌，即十分信任。

⑨ 劇辛：戰國趙人，後自趙入燕，參與國政，燕國殷富。樂毅：戰國魏人，長於兵術，入燕，任為亞卿，後拜為大將軍，以功封昌國君。

⑩ 黃金臺：相傳戰國時燕昭王築，置千金於臺上，延請天下之士，故名。故址在今河北省易縣東南北易水南。今北京市和保定市徐水、滿城、定興等區皆有黃金臺，係後人慕名仿造。

⑪ 來：語助詞。歸去來：回去吧。陶潛有賦《歸去來辭》，抒寫想歸隱田里的志向。

其三

有耳莫洗潁川水 ❶，　　　　有耳朵不要用潁川水洗滌，
有口莫食首陽蕨 ❷。　　　　有口不要食用首陽山蕨葉。
含光混世貴無名，　　　　　鋒芒收斂與世無爭不求名，
何用孤高比雲月。　　　　　何必同明月比孤傲與高潔。

吾觀自古賢達人，	我回看自古以來賢達之人，
功成不退皆殞身。	功成之後不退隱反遭殺身。
子胥既棄吳江上❸，	子胥被害屍體拋棄吳江上
屈原終投湘江濱❹。	屈原終至也投水於湘江濱
陸機雄才豈自保❺，	陸機雄才大略都不能自保
李斯稅駕苦不早❻。	李斯後悔不早早脫身離朝。
華亭鶴唳詎可聞❼，	華亭鶴唳怎麼可能再聽聞，
上蔡蒼鷹何足道❽。	上蔡獵鷹已經不堪再提道。
君不見，	你難道沒有看見，
吳中張翰稱達生❾，	吳中的張翰可稱通達知命，
秋風忽憶江東行。	秋風起時想起了回到江東。
且樂生前一杯酒，	姑且享受生前的一杯佳釀，
何須身後千載名！	何必管身後千載留下美名！

❶ 潁川：即潁水，源出河南，流入淮河。這句話典出《高士傳》：高士許由，隱居河南箕山之下，潁水之北。堯請他出任九州長，他自鳴清高，認為這句話弄髒了自己的耳朵，便用潁水洗滌。

❷ 首陽蕨：這句詩典出《史記·伯夷叔齊列傳》，伯夷叔齊是商末孤竹君之子，他們在周武王滅商後，為表示氣節高尚，不食周粟，而逃到山西首陽山靠採蕨薇為食，最終餓死。此句與上句均反典故之原意而用之，意為不必去學那些高潔之士沽名釣譽的行為。

❸ 子胥：即伍子胥，春秋時吳國大臣，戰功彪炳，後因政見與吳王夫差不合，漸被疏遠，又遭讒謗，賜劍自殺，屍體被投入江中。

❹ 屈原：戰國時楚國大夫，詩人，備受重用，晚年流放到湖南湘水之濱，後投汨羅江自殺。

❺ 陸機：晉代詩人，文章冠世，曾任河北大都督，後因遭讒譖，被害。

❻ 李斯：曾任秦始皇丞相，後亦同遭讒謗，為秦二世所殺。

❼ 華亭鶴唳：據史書記載，陸機臨刑前曾感嘆道：「華亭鶴唳，豈可聞乎？」華亭，在江蘇省上海市松江區，陸機曾與其弟陸雲遊於此。鶴唳：鶴鳴。

❽ 上蔡蒼鷹：據說李斯臨刑前曾對兒子說：「我想同你牽着黃犬，帶着蒼鷹去上蔡東門打獵，已經不可能了。」李斯是上蔡（今河南省上蔡縣）人。

❾ 張翰：西晉文學家，吳（今江蘇省蘇州市）人。齊王司馬冏執政，任為大司馬東曹掾。後來因為見到秋風起，想起故鄉的菇菜、蓴羹、鱸魚膾的美味，乃拋棄名位，回歸故里。他還對人說：「使我有身後名，不如即時一杯酒。」

【賞析】

第一首。第一二句寫美酒斗十千和珍羞值萬錢，如此誇張的目的，是為了反襯三四句的內心的悲憤與茫然。「停杯」「投筯」、「拔劍」「四顧」是把悲憤與茫然立體化，詩人的形象栩栩如生展現眼前。五六句寫詩人的雄心壯志均遭到難以克服的障礙，無法實現。七八句表現詩人的內心矛盾，一方面是既然前途無望不如歸隱去（垂釣碧溪），另一方面卻仍然希望濟世（日邊有夢）。濟世無由，歸隱又不甘心，因而有下面四個短句「行路難，行路難，多歧路，今安在？」之嘆，左也難，右也難，無可奈何之際，只有如末句所言乘風破浪，直掛雲帆濟滄海找神仙去。

從七八句開始可以有不同的解釋，其中用呂尚和伊尹的典故表示還有可能遇到如周文王與商湯般英明的君主，使自己實現濟世的抱負。但是前路曲折艱險，一切均在未知之數，因而有「多歧路，今安在」之嘆。最後二句寫詩人雖感前途險阻重重，極度失望，卻仍懷乘長風破萬里浪的雄心壯志。

這首詩抒發詩人十分複雜的內心感受：希望與失望，棄世與濟世，表現出一種患得患失的心態，中國古代有理想的知識分子多是徘徊於上述二者之間，李白自不例外。

第二首起首二句先說大道寬廣如青天，照理條條道路皆可通達理想的境地，但事實是只有自己走不通，二句將李白不得志的憤怒形象勾畫出來。以下六句對不得志的個人與社會的根源作了具體的展示：當時朝野賭風正盛，鬥雞戲「上之好之，民風尤甚」，從皇帝開始，順之而下，諸王世家外戚家公主家侯家花費大量金錢買雞，作賭博之用，時人有「生兒不用識文字，鬥雞走馬勝讀書」之語，許多人以鬥雞走狗博取君王歡心，達到飛黃騰達的目的。李白卻羞於與這些人為伍，遭到冷落與猜忌乃勢所必然。於是接着四句中表達出詩人十分羨慕戰國時燕昭王的禮賢下士，所以才智之士才能鞠躬盡瘁、死而後已地為其效命，使國家富強。可惜的是燕昭王的墓塚已爬滿野草，更無人效黃金臺之舉（暗示當朝不重視人才），最後二句說行路難，不如學陶潛歸田園隱居。第一首中的瀟灑豪氣，在此首中消失殆盡。

此詩首二句來得很突然，有如「飛將軍自重霄入」，具有震撼性的效果，這種藝術特色為李白所獨有，如《將進酒》的「君不見黃河之水天上來，奔流到海不復回」，以及《蜀道難》的「噫吁嚱，危乎高哉！蜀道之難，難於上青天」均是如此，這些名句傳誦千古，證明李白的成功，這種寫法沒有巨大的才力是辦不到的。

第三首，頭兩句對許由和伯夷、叔齊的棄世歸隱不表認同。接着表明自己不顯露才華、與俗世混同；不追求功名，因為追求功名獲取之後而不身退終至被統治者殺害的在歷史上所在多有，毫不新鮮。斑斑的血淚濺滿了中國的史冊，所以在最後四句中引用西晉張翰秋風起時想起吳中家鄉菰菜、蓴羹、鱸魚膾的美味，不願受高官厚爵的束縛，辭官歸故里。人生還

是及時行樂為好，建立功業留得千秋萬歲名，有什麼意義呢？

這首詩與第二首最大的特點是使用典故，而且使用更多，除了第三四句，其餘的全用典故，這是因為典故能夠更含蓄地表現詩人的意旨，使句子能包含更多的內容。在這首詩中典故運用與內容緊密相連，詩中總結了歷史經驗加以評論，抒發情思，使讀者認同，不借用一連串歷史人物的命運將無法達到此目的。

運用典故必須注意兩點：一是必須運用得自然，要做到「使事無跡」，用典故而不使人覺得在用典故。二是使用時要浸濡詩人豐富的感情，讀後才能使典故有血有肉。這二點詩中都做到了。

古朗月行

【題解】

《古朗月行》，樂府舊題。《樂府詩集》作《朗月行》。

這首詩表面上是寫月，抒發了天真無邪的兒童見到月亮時的各種幻想與想像，並以兒童口吻道出。深一層理解，隱含着對朝政的不滿與批評。

【譯注】

小時不識月，	小時候幼稚不認得月亮，
呼作白玉盤。	於是就把它叫做白玉盤。
又疑瑤鏡臺 ❶，	又懷疑它是瑤臺的明鏡，

飛在青雲端。	高高飛到了青雲的頂端。
仙人垂兩足 ❷，	月裡的仙人垂着兩隻腳，
桂樹何團團？	桂樹為什麼長得圓團團？
白兔擣藥成 ❸，	勤勞的白兔把仙藥擣成，
問言誰與餐 ❹？	請問誰來與牠共同進餐？
蟾蜍蝕圓影 ❺，	癩蝦蟆把圓月嚙下一塊，
大明夜已殘 ❻。	月亮夜晚升起變得缺殘。
羿昔落九烏 ❼，	后羿從前射下九個太陽，
天人清且安。	天上人間才能清明平安。
陰精此淪惑 ❽，	現在已經不再皎潔明亮，
去去不足觀 ❾。	再也不值得人們去賞玩。
憂來其如何？	我的憂心到了什麼程度？
悽愴摧心肝。	不禁悽愴萬分肝腸寸斷。

❶ 瑤鏡臺：即瑤臺鏡。瑤臺，神話傳說中神仙的居處。

❷ 仙人、桂樹：古代傳說月亮中有神仙和桂樹。月亮初生時只顯出仙人雙足，漸
圓時才能見到仙人與桂樹。

❸ 白兔擣藥：月中有白兔在擣藥這一傳說，來自晉傅玄《擬天問》：「月中何有，
白兔擣藥。」

❹ 誰與：一作與誰。

❺ 蟾蜍：癩蝦蟆。《淮南子·精神訓》：「月中有蟾蜍。」傳說月中蟾蜍食月造成
月蝕。

❻ 大明：月。

❼ 羿：指后羿，神話傳說中善射的英雄人物。烏：指太陽，傳說帝堯時天上有十
個太陽，每個太陽裡都有一隻三足烏鴉。十個太陽並出，草木焦枯而死，後來
堯命羿射下九個太陽，只剩一個照耀天空，其中的三足烏統統被射死，羽毛紛

紛掉落。後人遂以烏借代太陽。

❽ 陰精：指月亮。淪惑：黯淡無光。

❾ 去去：快快離開，月已無光華，不如速去。

【賞析】

　　這首詩共十六句，前八句寫兒童眼中的美麗的月亮，它潔白似玉，形美如盤，明淨似瑤臺鏡，還有其中包含有趣的神話傳說：有仙人垂足，桂樹團團，白兔辛勤地擣藥，一切充滿了童稚天真的想像。後八句則是成人眼中的月，月亮的美遭到破壞：蟾蜍食月，陰精淪惑，已經沒有觀賞的價值，因此憂心忡忡，悽愴萬分。希望有羿這樣的英雄，射落九烏，使天人清而且安。

　　古人寫詩常常有所影射。這首詩以月亮比喻國君，即唐明皇，本來英明神武，可是後來沉湎女色，荒廢朝政，變得昏庸不堪，於是國勢日衰，令詩人「悽愴摧心肝」。當然李白希望有羿這樣的英雄出現，挽國勢於既頹。不過這麼一讀，詩美完全喪失了。

　　還是把它當成純粹寫月的詩來讀好。

關山月

【題解】

開元、天寶年間（公元 713 至 756 年），唐王朝與西北邊疆少數民族不斷發生戰爭，將士久戍邊陲，飽受思家念鄉的煎熬，李白對此深表同情，寫下此詩。

《關山月》，樂府舊題。內容多寫征人遠戍邊疆，離別相思的痛苦。

【譯注】

明月出天山 ❶，　　　　　　皎潔的明月升起於祁連山，
蒼茫雲海間。　　　　　　　徘徊於空闊遼遠的雲海間。
長風幾萬里，　　　　　　　長風吹掠過幾萬里的沙漠，

吹度玉門關 ❷。	直吹到寸草不生的玉門關。
漢下白登道 ❸，	漢家將士曾經出兵白登道，
胡窺青海灣 ❹，	胡族騎兵正窺伺着青海灣。
由來征戰地，	自古以來這個征戰的疆場，
不見有人還。	見不到有士兵能僥倖生還。
戍客望邊色，	守邊的戰士眺望邊塞月色，
思歸多苦顏。	思歸故鄉人人都愁容滿面。
高樓當此夜 ❺，	家鄉高樓上的妻子在這夜，
嘆息未應閒。	也會因思念戍客吁嘆不斷。

❶ 天山：即祁連山，在甘肅省的西北部，匈奴人稱天為祁連，故稱。這裡不是指新疆的天山。

❷ 玉門關：古代關名。在甘肅省敦煌市西北，當時是通往西域各地的交通門戶，為兵家必爭之地。

❸ 白登：山名。在今山西省大同市東。漢高祖劉邦曾與匈奴作戰於此，被圍困了七夜。

❹ 青海：湖名。在今青海省東北部，唐玄宗開元年間，軍隊曾多次在青海湖附近與吐蕃作戰。

❺ 高樓：用六朝詩人徐陵《關山月》中的「思婦高樓上，當窗應未眠」之意。

【賞析】

　　這首詩的頭四句十分有名，它開門見山，一下子把題目中的關、山、月統統點出。從「明月出天山」可見詩中是從守邊將士的眼光來觀察月與山，暗示出戰士是在天山之西，回首東望家鄉，其神態均可想像得出。更

重要的是這四句把邊塞雄渾的氣象與蒼涼的情調在二十字中統統呈現出來，把邊塞的內在精神描繪無遺，給遠戍的將士充溢天地的離愁別緒製造了恰當的環境。

　　五六句概括地寫出漢家與異族的征戰自漢以降至唐從未停止過。七八句寫戍客的命運用「不見有人還」，道出不幸。最後四句寫丈夫妻子雙方互相的、無盡的思念。欲歸不得，想去不能。戰爭的殘酷性揭示無遺。

俠客行

【題解】

　　李白少任俠，習劍術。對古代遊俠的抑強扶弱，重諾守信，施恩於人不圖報答的行為非常讚賞，因此歌頌任俠精神，成為他詩歌的主要內容之一。此詩以戰國時代魏國俠士侯嬴和朱亥幫助魏公子信陵君擊退秦兵，解除邯鄲之圍的故事歌頌任俠行為。全詩意氣風發，節奏明快，顯然是李白青年時期的作品。

　　《俠客行》，樂府舊題，內容大多表現對俠客生活的嚮往，李白擬作而有所發揮。

【 譯注 】

趙客縵胡纓 ❶，　　　　　　趙國俠客髮冠帶着粗纓，
吳鈎霜雪明 ❷。　　　　　　吳地彎刀如霜似雪亮明。
銀鞍照白馬，　　　　　　銀鞍與白馬交相映光輝。
颯沓如流星 ❸。　　　　　　駿馬飛馳迅疾有如流星。
十步殺一人，　　　　　　不出十步就能殺死對方，
千里不留行 ❹。　　　　　　奔走千里無人能擋行程。
事了拂衣去，　　　　　　事情一辦完就拂衣而去，
深藏身與名。　　　　　　深深藏匿自己的身與名。
閑過信陵飲 ❺，　　　　　　悠閑參加信陵君的宴飲，
脫劍膝前橫。　　　　　　脫下寶劍在膝蓋前橫陳。
將炙啖朱亥 ❻，　　　　　　拿烤肉給朱亥大口吞嚥，
持觴勸侯嬴。　　　　　　又端起酒杯去勸飲侯嬴。
三杯吐然諾，　　　　　　飲罷三大杯就吐出諾言，
五岳倒為輕 ❼。　　　　　　信義重使五岳反顯很輕。
眼花耳熱後，　　　　　　他們飲得眼花耳熱之後，
意氣素霓生 ❽。　　　　　　意氣昂揚如霓虹貫長空。
救趙揮金鎚，　　　　　　揮起金鎚解救趙國困危，
邯鄲先震驚。　　　　　　圍邯鄲的秦兵先自震驚。
千秋二壯士，　　　　　　二壯士的功業永垂不朽，
烜赫大梁城。　　　　　　聲名大振轟動了大梁城。
縱死俠骨香，　　　　　　縱使死去俠骨亦留芳香，
不慚世上英。　　　　　　毫無愧色面對世上英雄。
誰能書閣下，　　　　　　有誰甘心在寧靜書閣中，
白首《太玄經》 ❾。　　　　　終此一生去撰著《太玄經》。

❶ 趙客：戰國時代燕趙（本來是指河北、山西、陝西一帶，這裡泛指北方）多出俠客，後人以燕趙之士作為俠客的代稱。縵胡纓：即縵胡之纓，一種古代武士佩戴的粗而無文理的冠帶。

❷ 吳鈎：一種古代吳地出產的彎形的刀。

❸ 颯沓：形容馬行迅疾的樣子。

❹ 十步二句：出自《莊子·說劍》：「臣之劍十步一人，千里不留行。」意思是在極短距離內迅速地殺死人，行走千里無人可阻擋其前進的步伐，說明劍法嫻熟，所向無敵。

❺ 信陵：即信陵君，名無忌，戰國時魏安釐王異母弟，曾封信陵君，招收賢士，門下有食客三千人。

❻ 「將炙」下十句：用戰國時代信陵君竊兵符救趙故事。朱亥、侯嬴：是魏國的兩個俠士。據《史記·魏公子列傳》載：魏安釐王二十年（公元前 257 年），秦昭王派兵圍攻趙國都城邯鄲（今河北省邯鄲市），趙求救於魏，魏懼於秦的強大，命大將晉鄙領兵十萬駐鄴城，按兵不動，名為救趙，實際上是持兩端以觀望。信陵君姐是趙公子平原君夫人，信陵君數次請魏王救趙，都不成功。後來信陵君大宴賓客，請魏國俠士侯嬴（魏都大梁東門的守門吏）坐上座，在侯嬴的策劃下，魏王愛妾如姬盜得兵符（古時國君調動軍隊的憑證），魏國俠士朱亥（本為屠戶）去軍中揮鐵鎚擊斃晉鄙，信陵君才得以率軍進攻秦軍，邯鄲之圍遂解除。將：拿。啖：吃或給人吃，音淡。

❼ 五岳：指東岳泰山、南岳衡山、西岳華山、北岳恒山、中岳嵩山。這裡指朱亥、侯嬴把信義（答應助信陵君打退秦兵解邯鄲之圍事）看得重過泰山。

❽ 素霓：是大氣中有時跟虹同時出現的一種光的現象。不過其彩帶排列順序與虹相反，紅色在內，紫色在外，顏色比虹淡，故稱素霓。此句是說二位俠士意氣慷慨，長虹貫日，傳說戰國時專諸刺殺吳王僚時，彗星襲月；聶政刺殺韓相國韓傀時，白虹貫日；荊軻刺秦王時亦有白虹貫日的現象，實際上是精誠感天的

意思。上述三人都是為報答知己之恩而刺殺其仇人，最後都自殺或被殺。

❾ 《太玄經》：書名，西漢揚雄著，乃仿《周易》而寫的一部著作，共十卷，是一本非常重要的哲學著作。

【賞析】

這首詩可分三部分來讀。

開端八句寫趙客的裝束、使用武器的優良、武藝的高強，以及行俠事成之後深藏起來不為世用、不求人知的瀟灑風度。這裡所寫的趙客應該看成是遊俠的代表，具有遊俠的一般特徵，是給下面朱亥、侯嬴的驚天動地俠客行動作鋪墊。

接着從「閑過信陵君」起的十二句寫朱亥、侯嬴如何為了報答知己之恩而奮不顧身地幫助信陵君救趙解邯鄲之圍的俠義行動，詩人只用幾十個字就把「信陵君救趙」這一複雜的歷史事件有聲有色的描繪出來，使人不能不佩服他選材（事件中最具代表性的細節）以及概括的能力。其中所使用的誇張句，如「三杯吐然諾，五岳倒為輕」，對突出人物性格起了極大的作用。

最後四句為第三部分，是詩人給遊俠義舉的評價，說他們比世上任何英雄都要偉大，縱死也萬世流芳，並把他們驚天地、泣鬼神的行為與只能誦讀先聖經典而不能經國濟世的書生相比以顯示他們的崇高。

有敘述、有描寫、有抒情、有議論、有鋪墊、有對比，又有誇張，要調動這麼多的藝術手段才使這首詩取得了成功。

把酒問月

【題解】

　　李白對此詩自注云：「故人賈淳令予問之」，可見它是應友人之請求而寫的。

　　古人對大自然絲毫不瞭解，以為大自然和人一樣都是有生命的，所以不免對它產生種種疑問，最早的作品有屈原的《天問》，其中提出月中有兔子存在，一直傳到後世。李白的問月是繼承了《天問》的傳統，他捧着酒杯，對明月發出了詩意的聯想以及深沉的人生哲理思考，為前人所無。

【譯注】

青天有月來幾時？	天空中明月是幾時出現的？
我今停盃一問之。	我現在停盃對月提出問題。
人攀明月不可得，	人要上天攀取明月不可得，
月行卻與人相隨。	明月行走卻與人緊密跟隨。
皎如飛鏡臨丹闕，	皎潔如飛鏡照臨赤色宮闕，
綠煙滅盡清輝發 ❶。	煙霧消逝清輝映照着大地。
但見宵從海上來，	我只見她夜晚從海上升起，
寧知曉向雲間沒？	哪知她破曉在彩雲間隱沒？
白兔擣藥秋復春 ❷，	白兔在月中擣藥常年不歇，
嫦娥孤棲與誰鄰 ❸？	嫦娥孤孤單單誰與共棲息？
今人不見古時月，	今人已不能見古時的明月，
今月曾經照古人。	今日的明月卻照耀過古人。
古人今人若流水，	古人今天像流水般地逝去，
共看明月皆如此。	共同看到的明月都是如此。
唯願當歌對酒時 ❹，	我只是祝願對酒高歌之時，
月光長照金樽裡。	月光可以長遠照在金杯裡。

❶ 綠煙：指月亮升起時遮蔽的雲霧。

❷ 白兔擣藥：傳說月中有白兔在擣藥。西晉詩人傅玄的《擬天問》有「月中何有，白兔擣藥」之句。

❸ 嫦娥：神話人物。傳說后羿從西王母處得長生不死之藥，嫦娥偷食，奔去月宮。

❹ 當歌對酒：此句化用曹操《短歌行》「對酒當歌，人生幾何！」（對着酒應當高歌，人生的歲月有幾何）之句，含有人生短促，應及時行樂的意思。

【賞析】

　　此詩一開始先發出月亮什麼時候出現在浩瀚的碧空 —— 她究竟是什麼時候生成的疑問，然後才說明此問是在自己飲酒停杯之時，是將「把酒」和「問月」的次序顛倒了，這樣一下子就將「問月」的主旨突現出來。全詩「把酒」與「問月」雙線並進，自然後者才是重點所在。

　　詩中人對月的感覺時時處於難以理解狀態。一方面是人與明月距離十分遙遠，欲攀而不可得；另一方面月與人的關係卻十分密切，時時緊緊相隨（見三四句）。一方面皎月宛若飛騰的天鏡臨照紅色宮殿，那麼燦爛耀目；另一方面她又得穿破雲霧，露出倩影，那麼清雅脫俗（見五六句）。一方面夜夜從海上冉冉上升，另一方面又日日破曉在雲霞間隱沒（見七八句）。這些已經使人捉摸不透，再加上九十句神話中的「白兔搗藥」、「嫦娥奔月」故事，這些究竟是怎麼回事。白兔常年搗藥如此辛苦所為何來？月亮如此清冷，嫦娥奔月會不會感到寂寞？這些疑問誰能解答。

　　以上十句主要從月亮本身（其光輝及其運行規律以及有關神話）來發問，後六句則從月亮與人生密不可分的角度來發問：詩人認為從人的角度看來，「今人不見古時月」，古人當然也不見今時月；從月的角度看，今月不但照今人，而且「今月曾經照古人」，詩人的意思是大自然一月是永恒不變的，而人（古人今人）卻是如流水在不斷的消逝。古人今人不斷更迭所看到的是同一個月，可見人的生命是短促的，如蜉蝣於天地。因此應該對酒高歌，享受月光普照的光輝，切切不可讓光陰虛擲。詩人的結論是相當消極的。

　　最後二句在結構上是回應一二句「問月」「把酒」，前後呼應，構成完整的整體。

　　李白在詩中所表達的月與人生關係的哲理情思對以後的詩人產生巨大

的影響。以後有許多詩人在詩中重複了李白此一思想。最為明顯的是唐朝詩人張若虛的《春江花月夜》，詩中演繹了李白的末六句詩，並發揮到淋漓盡致：「江上一色無纖塵，皎皎空中孤月輪；江畔何人初見月？江月何年初照人？人生代代無窮已，江月年年只相似；不知江月待何人？但見長江送流水。」仔細體味這幾句詩，有助於理解《把酒問月》的主旨。

梁園吟

【題解】

　　天寶三載（公元744年）三月，李白被唐玄宗「賜金放還」，離開長安，繼續他的漫遊生涯。五月到了河南，與杜甫相遇於洛陽，秋天又遇見了另一位詩人高適，他們三位相偕同遊梁園、嵩山、龍門、洛陽等地，同時還遊覽了許多名勝古跡，一年多時間內寫了許多詩歌。《梁園吟》就是其中的一篇。

　　梁園，即梁苑。故址在今河南省商丘市梁園區，漢代梁孝王劉武所築，為遊樂和延請賓客之所。當時名士司馬相如、枚乘、鄒陽等都曾是座上客。

　　這是一首七言樂府古詩，詩中抒發了人生失意，不如縱酒高歌，及時行樂的思想。

【譯注】

我浮黃河去京闕 ❶，
掛席欲進波連山 ❷。
天長水闊厭遠涉，
訪古始及平臺間 ❸。
平臺為客憂思多，
對酒遂作《梁園歌》。
卻憶蓬池阮公詠 ❹，
因吟淥水揚洪波。
洪波浩蕩迷舊國，
路遠西歸安可得？
人生達命豈暇愁，
且飲美酒登高樓。
平頭奴子搖大扇，
五月不熱疑清秋。
玉盤楊梅為君設，
吳鹽如花皎白雪。
持鹽把酒但飲之，
莫學夷齊事高潔 ❺。
昔人豪貴信陵君 ❻，
今人耕種信陵墳 ❼。
荒城虛照碧山月，
古木盡入蒼梧雲 ❽。
梁王宮闕今安在？
枚馬先歸不相待 ❾。

我離開京城泛舟於黃河上，
揚起船帆前進但波濤如山。
山長水遠我煩厭長途跋涉，
探訪古跡剛來到平臺之間。
平臺之上作客憂思增許多，
對着美酒於是寫了《梁園歌》。
回想起阮籍在蓬池的吟詠，
因而高聲誦讀「淥水揚洪波」。
波濤洶湧已不見長安城郭，
路途遙遠再歸去已不可得？
人生若曠達哪有時間發愁，
還是登上高樓開懷飲美酒。
戴平頭巾的僕人搖動大扇，
炎夏五月不覺熱疑是涼秋。
玉盤裡的楊梅為你而擺設，
吳地的鹽美如花皎白似雪。
手持精鹽端着酒杯飲下去，
不要學伯夷叔齊遵奉高潔。
古代的豪門權貴如信陵君，
今日的農夫耕種在信陵墳。
碧山冷月空照着荒涼城堞，
古木株株高聳入朵朵白雲。
而梁孝王的宮殿如今何在？
枚乘司馬相如已逝不等待。

舞影歌聲散淥池，	那舞影歌聲已消失於清池，
空餘汴水東流海❿。	只剩下汴水依然東流入海。
沉吟此事淚滿衣，	回味這些往事眼淚濕我衣，
黃金買醉未能歸。	黃金買酒狂飲醉得不能歸。
連呼五白行六博⓫，	大家一起玩五白六博遊戲，
分曹賭酒酣馳暉⓬。	分對賭酒為樂時光快如飛，
歌且謠，	我歌我唱自得其樂，
意方遠。	其中含意雋永深遠。
東山高臥時起來⓭，	像謝安高臥東山等待時機，
欲濟蒼生未應晚。	那時候建立功業都不算晚。

❶ 京闕：京城的宮闕（宮殿），指京城長安。

❷ 掛席：揚帆，舊時以蒲席為帆，所以稱帆為席。

❸ 平臺：古跡名。相傳為春秋時宋平公所造，漢梁孝王擴建。梁孝王曾與鄒陽、枚乘等文士遊於平臺之上，故址在今河南省商丘市東北。

❹ 蓬池：地名。在魏國都城大梁（今河南省開封市東北）。阮公：指晉代詩人阮籍，陳留尉氏（今河南省尉氏縣）人。阮公詠：指阮籍的《詠懷詩》，共八十二首。其中表現了詩人生活在黑暗而血腥的現實裡的內心孤獨徬徨與恐懼。其中第十六首的首四句為：「徘徊蓬池上，還顧望大梁，淥水揚洪波，曠野莽茫茫。」詩中所描述的心情與李白當前的心情頗為相似。

❺ 夷齊：伯夷、叔齊。商末孤竹君之子。周武王滅商，二人隱居首陽山，不吃周的糧食而死。

❻ 信陵君：戰國魏安釐王弟無忌，封於信陵（今河南省寧陵縣），號信陵君，門下有食客三千人，戰國時期著名的四公子之一。

❼ 信陵墳：信陵君的墳墓，在今河南省開封市南。

❽ 蒼梧：山名，又名九嶷山，在今湖南省寧遠縣境。蒼梧雲：古代傳說有白雲出自蒼梧入大梁。

⑨　枚馬：枚乘、司馬相如，均為漢代著名辭賦家。

⑩　汴水：即汴河。從河南省滎陽縣，經開封市，東入淮河。

⑪　五白：古代的一種博戲，五子上黑下白，擲得五子皆黑皆白都算贏。擲時希望取勝，故連叫五白。六博：也是古代博戲，兩人相對而博，共十二枚棋，每人六枚，六黑六白，故名。

⑫　分曹：分成一對對玩博戲。

⑬　東山高臥：用東晉謝安的故事。謝安，字安石，在淝水之戰中，曾打敗秦苻堅，保全了東晉王朝。相傳謝安辭官隱居東山（今浙江省紹興市上虞區西南）時，朝廷屢次徵召都不肯出仕。有人希望他出來主持政局，因而說：「安石不出來，天下老百姓怎麼辦？」後人以失勢後重新得勢為東山再起。這裏李白自比謝安，準備伺機而起。

【賞析】

前六句寫自己來到梁園經過，以及作歌的原因；接着十二句從回憶阮籍寫到自己當前的失意，發抒了人生必須豁達知命隨遇而安，不必過於執着，自尋煩惱。隨後八句透過信陵君、梁孝王、枚乘、司馬相如等人最後都只剩一抔黃土，世間萬物皆不久長，說明人生的所有努力均屬徒勞。至此，李白的情思是消極頹廢陰沉的，最後在玩博戲興高采烈與酒意正酣之時，詩的基調突然高昂起來，陰霾消散。末二句表明詩人存有「濟滄生，興社稷」之志，認為現在去努力並不算晚。

夢遊天姥吟留別

【題解】

　　這首詩題一作《別東魯諸公》，又作《夢遊天姥山別東魯諸公》，可見是一首贈別之作。

　　天寶元年（公元 742 年），李白到長安為唐玄宗翰林侍奉（文學侍從），這種生活與他的個性格格不入。天寶三載（公元 744 年），他終於上書請「還山」，玄宗亦以他不是朝廷有用之才，同意他離去。他離開長安後漫遊梁宋齊魯（河南山東）一帶，第二年又離開東魯南下吳越，此詩即作於此時。

　　在詩中詩人展開了想像的羽翼，以夢遊的形式，描繪出一個非人間的仙境，寄託了詩人對世事的感慨以及內心的嚮往。

　　天姥，山名，在今浙江省新昌縣東，姥，音母。吟，詩體名，是歌行體的一種。

【譯注】

海客談瀛洲 ❶，
煙濤微茫信難求。
越人語天姥，
雲霞明滅或可覩。
天姥連天向天橫，
勢拔五岳掩赤城 ❷。
天台四萬八千丈 ❸，
對此欲倒東南傾 ❹。
我欲因之夢吳越，
一夜飛渡鏡湖月 ❺。
湖月照我影，
送我至剡溪 ❻。
謝公宿處今尚在 ❼，
淥水蕩漾清猿啼。
腳著謝公屐 ❽，
身登青雲梯。
半壁見海日，
空中聞天雞 ❾。
千巖萬轉路不定，
迷花倚石忽已暝。
熊咆龍吟殷巖泉 ❿，
慄深林兮驚層巔。
雲青青兮欲雨，

海上來客談起神山瀛洲，
煙波迷漫實在難以尋求。
越人說的那座山叫天姥，
在隱約雲霞中或可目覩。
天姥高聳入雲連綿橫亘，
氣勢超越五岳掩蓋赤城。
天台山高有四萬八千丈，
面對天姥也得甘拜下風。
我要依照傳說夢遊吳越，
一夜間飛渡鏡湖去賞月。
湖上月光映照着我身影，
伴送我到達秀麗的剡溪。
謝靈運投宿處至今仍在，
碧水蕩漾靜夜猿不停啼。
我腳著謝公遊山的木屐，
攀登上聳入雲霄的石級。
半山腰望見東升的曙曦，
高空中聽到鳴啼的天雞。
山路崎嶇曲折方向難尋，
迷戀花石不覺日已黃昏。
熊咆龍吟聲在山谷響遍，
深林顫慄高峰也覺驚險。
烏雲密佈眼看就要下雨，

水澹澹兮生煙 ⓫。	水波搖蕩只見煙霧一片。
列缺霹靂 ⓬，	電光閃閃霹靂震天動地，
丘巒崩摧。	山丘與峰巒均崩塌摧毀。
洞天石扇 ⓭，	神仙居處的門扇，
訇然中開 ⓮。	轟然一聲打開來。
青冥浩蕩不見底，	青空遼闊得看不見邊際。
日月照耀金銀臺 ⓯。	日月照耀着仙界金銀臺。
霓為衣兮風為馬，	霓虹作衣裳長風作駿馬，
雲之君兮紛紛而來下。	雲神自天空中翩翩飄下。
虎鼓瑟兮鸞回車，	老虎奏瑟啊鳳鳥來駕車。
仙之人兮列如麻。	仙人排列成行稠密如麻。
忽魂悸以魄動，	突然間我嚇得魂魄盪動，
怳驚起而長嗟 ⓰。	驚醒過來長吁短嘆不已。
惟覺時之枕席，	睜開眼睛只見到枕和席，
失向來之煙霞。	夢中的美景失去了蹤跡。
世間行樂亦如此，	人世間的歡樂不過如此，
古來萬事東流水。	千古以來萬事如東流水。
別君去兮何時還？	與你們分別何時再回還？
且放白鹿青崖間 ⓱。	暫且放牧白鹿於青崖間。
須行即騎訪名山。	隨時可以騎上訪遊名山。
安能摧眉折腰事權貴，	怎能低頭彎腰去服侍權貴，
使我不得開心顏。	使我不能開心展露笑顏。

❶ 瀛洲：古代傳說中的海上神山。

❷ 五岳：指東岳泰山（在山東）、西岳華山（在陝西）、中岳嵩山（在河南）、南
　　岳衡山（在湖南）、北岳恒山（在河北與山西交接處），為中國五大名山。赤

城：山名，在今浙江省天台縣北面，為天台山南門。

❸　天台：天台山，在今浙江省東部。四萬八千丈，極言山之高，據記載：天台山高一萬八千丈。

❹　此：指天姥山。此二句字面意思是高四萬八千丈的天台山對着天姥山也只有在東南方向它傾倒（彎腰鞠躬）。

❺　鏡湖：又稱鑑湖。在今浙江省紹興市南。

❻　剡溪：水名，在今浙江省嵊州市南。剡，音贍。

❼　謝公：指謝靈運。南朝宋詩人，中國山水詩創始人。曾到過剡溪，並投宿於此。

❽　謝公屐：謝靈運登山時特製的一種木屐，屐底裝有活動的齒，上山時除前齒，下山時除後齒。

❾　天雞：傳說中的神雞。《述異記》記載：東南桃都山有棵樹，樹上有隻天雞。每天日出照樹上，天雞鳴，天下的雞也隨之鳴啼。

❿　殷：震動。

⓫　澹澹：水波動蕩貌。

⓬　列缺：閃電。霹靂：雷鳴。

⓭　洞天：道教稱神仙的居所為洞天。

⓮　訇然：象聲詞。形容聲響巨大。訇，音轟。

⓯　金銀臺：神仙居住的華美宮闕。

⓰　悸：心神不定的樣子，音訪。

⓱　白鹿：古代神仙與隱士多以白鹿或白鶴為坐騎。

【賞析】

　　這首詩層次分明，共分三部分。首八句為第一部分，借越人之口，極言天姥山之雄偉高大並寫夢遊的起因。「我欲因之夢吳越」到「仙之人兮列如麻」寫夢遊天姥的過程：先寫一夜之間夢魂飛渡鏡湖，到達謝靈運遊覽時到過的剡溪宿處，穿上謝公屐登山。接着寫攀上崇山峻嶺，在半山腰看日初升，聽天雞鳴啼。從日出寫到黃昏：先寫黃昏的恐怖奇異景象，然後寫天氣驟變電閃雷鳴，山巒崩裂，仙府石門大開。五光十色，令人眩目的仙境呈現在眼前。至此，夢境達到高潮。最後十一句寫夢醒之後的感慨：當詩人陶醉於金碧輝煌的神仙世界之時，夢魂突然驚醒，返回失去「煙霞」的現實世界。在無限悵惘之餘，不禁發出「世間行樂亦如此，古來萬事如流水」（好景不常，應該及時行樂）的感喟。結束二句十分有名，表現出李白決不會向權貴們低頭彎腰乞取功名的錚錚風骨。它向人們宣示：活要活得開心，低聲下氣地活着，身心不得自由，未免太辛苦了。

　　內容與形式必須取得一致，內容才能得以發揮。這首詩是七古。李白最擅七古，因為自由靈活，能夠充分表達詩人豪邁奔放的情思，格律詩束手束腳，無法達致這種效果。此詩以七言為主，雜以四言、五言、六言（帶「兮」字的楚辭句法），以至九言。句法參差多變，流暢自然。句子長短完全適應思想感情變化的需要。末了二句完全用散文化的句子來表現，呈現出詩人瀟灑自由的形象，如果用整齊的句式來表現，效果無疑會大打折扣。

魯郡東石門送杜二甫

【題解】

　　天寶四載（公元 745 年）李白離開長安，途經洛陽時，初次與杜甫會晤。秋天，二人同作梁（今河南省開封市）、宋（今河南省商丘市）之遊。第二年春，二人相晤於齊州（今山東省濟南市）。秋，再晤於魯郡（即山東省濟寧市兗州區，天寶元年改為魯郡）。他們訪古覽勝，詩酒唱和，相處十分歡快。從杜甫在他的詩中描寫的「醉舞梁園夜，行歌泗水春」、「醉眠秋共被，攜手月同行」可見友情的親密。當杜甫要離開李白，西去長安時，李白在石門設宴為他餞行，並寫下這首道別的詩，抒寫了依依不捨之情。

　　石門，山名，在今山東省曲阜市東北。因山有石峽對峙如門而得名。

　　杜二甫，即杜甫。因為他排行第二。

【譯注】

醉別復幾日,	在齊州飲酒相別沒有多久,
登臨遍池臺。	我們又一起遍遊園池樓臺。
何時石門路,	何時還能相逢於石門路上,
重有金樽開?	再將裝滿醇酒的金樽打開?
秋波落泗水 ❶,	粼粼秋波流入浩蕩的泗水,
海色明徂徠 ❷。	澄碧海色映亮蒼翠的徂徠。
飛蓬各自遠 ❸,	離開後彷彿飛蓬各自遠去,
且盡手中杯。	現在讓我們乾盡手中酒杯。

❶ 秋波:秋天的水波。泗水:在今山東省中部。源出山東省泗水縣東蒙山南麓,
　　四源並發,故名,泗水流經的地域有曲阜、兗州、濟寧等處。

❷ 徂徠:山名,在今山東省泰安市東南。《水經注》:「汶水又西流經徂徠山西,
　　山多松柏。」

❸ 飛蓬:蓬草,枯後根斷,隨風飛轉,故又名飛蓬。軒蓬,古詩中常用以比喻人
　　的生活漂泊不定。

【賞析】

　　李白與杜甫同是唐代的大詩人。李白比杜甫大十一歲,但並不妨礙他
們結成為知己。從現存的《李太白全集》中所保存的李白為杜甫寫的兩首
詩 —— 此首《魯郡東石門送杜二甫》與下首《沙丘城下寄杜甫》,可以看
出他們之間友誼的深厚。

　　詩的第一二句,描述與杜甫在齊州醉別不久,現在又在魯郡遊遍名勝

古跡，可見情投意合。三四句表達出可惜這種共遊同樂的日子不能久長，眼看就要離別，而且不知道何時才能再飲酒論文的惆悵。若干年後，杜甫在長安寄給李白的詩中說：「何時一樽酒，重與細論文？」正說明二人有着共同的願望，可見在一起的日子多麼值得留戀與回憶。五六句寫眼前景色，本意為：秋風吹拂，泗水碧波蕩漾；日光映照，徂徠山的松柏呈現出海水的翠碧。但李白卻反轉過來，用「落」與「明」使「秋波」與「海色」變成動作的發動者，於是整個句子變得更有生色。詩中寫水寫山，為的是說明，山高水遠，他們將各奔前程，更增加內心的惆悵。最後二句感嘆身世。宴別之後杜甫赴長安，李白也要漫遊吳越，各奔東西，他們的命運與飛蓬無異。

需要提一提的是李白的「何時石門路，重有金樽開？」與杜甫的「何時一樽酒，重與細論文？」的希望根本沒有實現，兩位詩人「城東石門一別，遂無復相見之日矣！」後來剩下的只有無盡的關懷與思念，杜甫甚至在夢中都懷念李白並對他的不幸表示極度的同情。《夢李白二首》其一中有：「死別已吞聲，生別常惻惻。江南瘴癘地，逐客無消息。故人入我夢，明我長相憶。」內容是寫至德二載（公元 757 年），李白因跟從永王李璘獲罪，流放夜郎（今貴州省桐梓縣一帶），杜甫聽到這消息，以為李白死了，不禁失聲痛哭。後來知道未死，又為生別而哀傷。貴州一帶疫病十分流行，但得不到李白的消息，十分懷念。李白知道杜甫關心他，所以到夢中與杜甫相會。

沙丘城下寄杜甫

【題解】

　　前首詩寫李白與杜甫在魯郡東石門宴別。二人離別之後，李白客東魯汶水之濱的沙丘城。第二年，即天寶五載（公元 746 年）寫了這首詩寄給杜甫，表達了分別之後的深切思念與內心的悵惘。

　　沙丘城，李白在魯郡的住址，可能在汶水附近。

【譯注】

我來竟何事，	我來到這裡究竟是為什麼，
高臥沙丘城。	無聊地閑居在這個沙丘城。
城邊有古樹，	城邊那棵高聳入雲的古樹，

日夕連秋聲 ❶。　　　　　　從早到晚發出悲涼的秋聲。

魯酒不可醉 ❷，　　　　　　薄薄的魯酒不能使我醉倒，

齊歌空復情。　　　　　　　悠揚的齊歌我也無動於衷。

思君若汶水 ❸，　　　　　　思念你之情如滔滔的汶水，

浩蕩寄南征。　　　　　　　日夜不停息地向南方奔騰。

❶　秋聲：瑟瑟秋風和紛飛落葉的淒涼聲音。

❷　魯酒：薄酒，《莊子·胠篋》：「魯酒薄而邯鄲圍。」戰國時，楚國會見諸侯，
　　魯趙兩國都向楚王獻酒。魯酒淡薄而趙酒醇厚，楚國管酒的官吏向趙討酒，趙
　　不給，於是一氣之下用魯酒代趙酒獻給楚王。楚王以為趙以薄酒來獻，所以圍
　　攻邯鄲。後人以魯酒代稱薄酒。

❸　汶水：今名大汶水或大汶河，在山東省中南部。

【賞析】

　　同樣的題材，同樣的主旨，經過作家不同的巧妙的結構安排，就會產
生不同的藝術效果。李白這首懷念杜甫的詩就是一首在結構安排上頗具特
色的作品。

　　這首詩前六句先寫自己閑居無聊，整天六神無主地不知做什麼好；然
後寫所處的環境是十分黯淡淒清；再寫連自己最愛喝的酒喝起來，都覺得
薄味而無法酣醉，歡快的歌聲都不能使自己動情。

　　六句中未道出使詩人心緒如此不正常的原因，到了第七句「思君」二
字出現了，於是前六句中的懸念遂得到解答，讀者直至這裡才恍然大悟。
詩的主旨也因而突現出來。最後二句以河水不停息地永遠的奔流比喻自己
對杜甫的不盡的懷思之情。韻味無窮。

登金陵鳳凰臺

【題解】

　　這首詩是李白於天寶六載（公元747年）遊金陵（今南京市）鳳凰臺時所作。天寶三載（公元744年），李白是被一幫圍繞着皇帝的奸佞之徒，排擠出長安的。詩中寫景懷古，還抒發了自己對朝政昏暗的關心。

　　鳳凰臺，在金陵城南面的山上，相傳南朝宋元嘉（公元424至453年）年間，有鳳凰三隻翔集山間，文彩五色，狀如孔雀，音聲諧和，時人以為是鳳凰，遂稱為鳳凰山，築臺其上，稱鳳凰臺。

【譯注】

鳳凰臺上鳳凰遊，	鳳凰臺上曾經有鳳凰翔遊，
鳳去臺空江自流。	而今鳳去臺空江水仍在流。
吳宮花草埋幽徑 ❶，	吳宮花草掩埋了幽靜小徑，
晉代衣冠成古丘 ❷。	晉代士族已葬身於古墳丘。
三山半落青天外 ❸，	三山高聳一半矗立青天外，
一水中分白鷺洲 ❹。	一條長江水分流於白鷺洲。
總為浮雲能蔽日 ❺，	總是為了浮雲能遮蔽紅日，
長安不見使人愁 ❻。	望不見長安使人無限哀愁。

❶ 吳宮：指三國孫吳建都金陵時所建的宮殿。孫權建太初宮，方三百丈。孫皓建昭明宮，方五百丈。此句是說宮殿已經頹敗，被野花荒草所掩沒。

❷ 晉代：指東晉。都城亦在金陵。衣冠：本來是指士以上的服裝，這裡借作指豪門世族。古丘：古墓。此句是說那些炫耀一時的豪門世族已經亡歿，只剩堆堆墳塚。

❸ 三山：山名，在今南京市西南長江東岸，以三峰並列，南北相連而得名。半落青天外是形容從鳳凰臺望去，三山被雲霧所遮看不清楚，彷彿有一半坐落青天之外。

❹ 白鷺洲：古代金陵西南面長江中的沙洲。

❺ 浮雲能蔽日：比喻奸佞當道蒙蔽君王。浮雲，喻奸邪臣子。日，喻君王。

❻ 長安：唐都城，比喻朝廷。

【賞析】

　　這首詩第一句從傳說着筆，一連用三個「鳳」字寫了鳳凰臺美麗的過去，以及當前鳳凰不再飛來，臺也已不見蹤影，只剩下長江水無語寂寞的東流，說明了任何事物在時間的面前都是無能為力的，只有大自然是永恒的。三四句緊接第二句懷古。從人事看，一切的繁華都是過眼雲煙，都會在時間的長河裡流逝，只剩下供人憑弔的遺跡，有不勝興衰之感。這裡詩人的情緒是低沉的。五六句把筆一轉寫山的雄偉與水的明媚，描寫了大自然所具有的無窮與永恒的魅力。詩人剛從時間的壓迫中解放出來，又被傷世憂事的情懷所困擾。最後二句說明了他對朝廷奸佞當道，君王受蒙蔽，表示了深深的憂慮。

　　李白這首詩深受唐朝詩人崔顥的《黃鶴樓》的影響。傳說李白遊武昌，登黃鶴樓時，本想題詩，正要寫時，見到崔顥的詩，知道自己沒有辦法超過他。於是感嘆道：「眼前有景道不得，崔顥題詩在上頭。」傳為佳話。後來到金陵登鳳凰臺，寫了所選的這首詩。有人說二者可以並駕齊驅，有人則認為李不如崔。不過不論如何崔詩予李詩的影響是不可否認的。為了方便比較，茲將《黃鶴樓》錄下，並作些說明，以供參考：「昔人已乘黃鶴去，此地空餘黃鶴樓。黃鶴一去不復返，白雲千載空悠悠。晴川歷歷漢陽樹，芳草萋萋鸚鵡洲。日暮鄉關何處是，煙波江上使人愁。」可以看出，李詩「鳳」字的三次重複顯然是受到崔詩「黃鶴」的三次重複的影響。還有最後二句直抒情懷，寫法上也極相似，所不同的是崔顥是寫江上煙波浩渺，望不見家鄉，不勝哀愁，而李詩則胸懷寬闊得多，懷念的是國運，因而被憂愁所包圍，意境自然較為深遠。

戰城南

【題解】

　　《戰城南》，漢樂府舊題，《樂府詩集》收此詩，是一首反映漢武帝征討匈奴的戰爭詩。內容哀悼戰死的將士，描寫戰爭帶來的痛苦，有強烈的反戰傾向。李白沿用舊題，內容亦相近，揭示了天寶年間唐明皇在西北邊疆發動戰爭，屍骨遍野的悲慘景象，警告掌握武力的當政者不要輕易發動戰爭。

【譯注】

去年戰，桑乾源 ❶；　　　　　　去年交戰於桑乾河的源頭；

今年戰，蔥河道❷。　　　　　　　　　今年則交戰在蔥河的大道。

洗兵條支海上波❸，　　　　　　　　　在條支國所屬海裡洗兵器，

放馬天山雪中草❹。　　　　　　　　　在天山的雪地裡放馬吃草。

萬里長征戰，　　　　　　　　　　　　遠赴萬里之外征戰永不休，

三軍盡衰老。　　　　　　　　　　　　將士耗盡了青春憔悴蒼老。

匈奴以殺戮為耕作❺，　　　　　　　　匈奴人專事殺戮不事耕作，

古來惟見白骨黃沙田。　　　　　　　　古來只見白骨遮蔽黃沙田。

秦家築城備胡處，　　　　　　　　　　秦代修築長城防備胡人處，

漢家還有烽火燃。　　　　　　　　　　到漢朝還見得到烽火燒燃。

蜂火燃不息，　　　　　　　　　　　　烽火的燃燒永遠不會止息，

征戰無已時。　　　　　　　　　　　　殘酷的戰爭永無停止之時。

野戰格鬥死，　　　　　　　　　　　　曠野的戰爭激烈搏鬥而死，

敗馬號鳴向天悲。　　　　　　　　　　敗散的戰馬仰天長嘶悲鳴。

烏鳶啄人腸，　　　　　　　　　　　　烏鴉老鷹飛下啄食人肚腸。

銜飛上掛枯樹枝。　　　　　　　　　　把它銜起來懸掛於枯樹枝。

士卒塗草莽，　　　　　　　　　　　　士卒的血污沾滿邊塞草莽，

將軍空爾為❻。　　　　　　　　　　　將軍奮戰沙場亦空無作為。

乃知兵者是凶器，　　　　　　　　　　要知道戰爭是不吉祥之器，

聖人不得已而用之❼。　　　　　　　　聖君萬不得已才使用它的。

---

❶　桑乾：河名。永定河上游，在河北省西北部和山西省北部，源出山西省北部管
　　涔山，在河北省西北部流入官廳水庫，全長 364 公里。唐時經常與奚、契丹族
　　在此發生戰爭。

❷　蔥河：即蔥嶺河。分南北二河，南名葉爾羌河，北名喀斯噶爾河，發源於帕米
　　爾高原。在今新疆維吾爾族自治區境內。唐時常與吐蕃族發生戰爭於此。

❸　條支：漢西域國名、地名。在今伊拉克境內，臨波斯灣。唐時設置條支都督

府。此地泛指西域。

❹ 天山：唐時指今新疆哈密縣和吐魯蕃縣一帶的山脈為天山，也稱白山、折羅漫山。二句中借條支與天山說明出征之地的遙遠以及戰事地域的寬廣。

❺ 匈奴：我國古代對北方遊牧民族的稱呼。二句說匈奴以殺戮代替耕作，所以田野裡只見黃沙白骨而不見莊稼。

❻ 空爾為：得不償失、徒勞無功的行動。

❼ 聖人：指聖君，英明的國君。此句化用《六韜·兵略》：「聖人稱兵為凶器，不得已而用之。」意思是聖人認為戰爭是不吉祥的工具，它只能帶來流血死亡，所以要謹慎使用此一工具，除非萬不得已，千萬不要動用它來解決問題。

【賞析】

這首詩是沿用漢樂府舊題來寫的，表面看來寫的是漢朝與邊疆少數民族的戰爭，實際上反映的是唐明皇開邊戰爭的現狀。詩中出現的「匈奴」、「漢家」都是借喻，詩人反對的是當前朝廷的窮兵黷武政策。

全詩凡三韻，將詩分三部分。前六句為第一部分，寫出戰爭的頻繁和士卒終年遠征的艱辛。第一二句用「去年戰」、「今年戰」，時間並非確指一年打仗一次，而是以此說明戰爭的頻繁，即年年都在打仗永無寧日；三四句極寫出征的遙遠，士兵疲於奔命。前二句着重時間的更換，後二句着重空間的遷移，士兵疲於奔命，其艱辛情狀歷歷在目。由於「萬里長征戰」，所以「三軍盡衰老」乃是不可避免的了。

接着四句寫匈奴（喻胡人）的嗜血，他們不從事耕作，專門從事殺戮，其結果是白骨蔽黃沙，這種情況從秦一直延續到漢（直至延續到唐），烽火仍然不息。作者以「耕作」與「殺戮」對舉，說明了他對和平生活（和

平時期農民才得以耕織）的嚮往。

　　最後部分寫戰爭的殘酷，末二句表明作者反對戰爭的態度。首二句「烽火燃不息，征戰無已時」是重複第二部分末二句的意思，再次強調戰爭的長久性，同時開啟下文對戰死疆場上士卒的慘不忍睹的景況的描繪。古代有許多詩文描寫士卒戰死沙場的令人不寒而慄的句子，如賈誼的《過秦論》的「伏屍百萬，流血漂櫓（流的血能把大盾牌漂起）」，王粲的《七哀詩》有「出門無所見，白骨蔽平原」，但都不如「敗馬號鳴向天悲」、「烏鳶啄人腸，銜飛上掛枯樹枝」、「士卒塗草莽」來得如此牽動人心，予人以恐怖與戰慄。李白的「烏鳶」句是受樂府詩舊題古辭的影響：「戰城南，死郭北，野死不葬烏可食。為我謂烏：『且為客豪（嚎），野死諒不葬，腐肉安能去子逃（腐肉怎能脫開被烏鴉吞食的命運）？』」但更為驚心動魄。

　　末二句的議論結束，可謂獨出心裁，對當時的國君進行譏刺，李白認為聖君用兵乃不得已而為之，而當前的情況是唐明皇為了「開邊」窮兵黷武，使百姓與士卒蒙受苦難。所以這句是針對皇帝而說的。

丁都護歌

【題解】

　　這首詩是天寶六載（公元 747 年）李白南遊吳越，途經雲陽（今江蘇省丹陽市）時寫的。當時天旱水涸，河上縴夫拖着滿載巨石的船隻，口中哼着丁都護歌，一步步地艱難地前行。詩人睹此情狀，內心充滿了同情，寫下了此詩。

　　《丁都護歌》，原係南朝樂府吳聲歌曲名。關於這首歌曲的本事，據《宋書·樂史》記載，南朝宋高祖劉裕的女婿徐逵之被人殺害，他派了府內直督護丁旿（音晤）去收斂殯葬，徐逵之妻向丁旿詢問出殯的情況，每問一句就嘆一聲「丁都護」，聲調悲切，後人因聲作曲，這就是《丁都護歌》的來源。原辭沒有傳下來，現存的曲辭多寫將士遠征的艱辛與思婦的哀怨，與原曲調本事迥異。李白這首又與今傳的內容不同，在主題與題材上均有所突破，它有着更直接的現實意義。

【譯注】

雲陽上征去，	船隻從雲陽向上游駛去，
兩岸饒商賈。	沿河兩岸雲集富商巨賈。
吳牛喘月時 ❶，	天氣酷熱吳牛對月喘氣，
拖船一何苦！	拖船的縴夫是多麼辛苦！
水濁不可飲，	河水污濁不可以拿來喝，
壺漿半成土。	一壺的水有半壺是泥土。
一唱都護歌，	縴夫們不禁唱起都護歌，
心摧淚如雨。	感人肺腑頓時淚下如雨。
萬人鑿盤石，	眾多民工鑿的塊塊大石，
無由達江滸 ❷。	無法運送到江邊目的地。
君看石芒碭 ❸，	請看石頭多麼龐大重輕，
掩淚悲千古。	掩面流淚悲痛流傳千古。

❶ 吳牛喘月：吳牛，水牛多生於吳地（長江淮河一帶）故稱。《世說新語·言語》注，南方天氣炎熱，吳牛怕熱，所以夜晚見到月亮以為是太陽，條件反射，喘起氣來。吳牛喘月，即天氣酷熱之意。

❷ 江滸：江邊。

❸ 芒碭：疊韻聯綿詞。形容石頭多而大的樣子。

【賞析】

　　李白作品中直接具體反映民間疾苦的作品不多，這是其中之一。詩的頭二句點明事件發生的地點是在富饒繁榮的商業地區，把縴夫的苦難生活

與此地區相聯繫，起了對照的作用：有些人在享受，有些人在受苦。富豪夜夜笙歌與船夫拉縴時呻吟的比照，予人以強烈印象。

詩中沒有寫這些「萬人」鑿的「盤石」送什麼人，做什麼用，但是自古以來，貴族富豪均有用「奇石」來點綴園林和建築華美殿堂的情形。所以船工拖船運石歷代都有（最有名的當數宋徽宗從江南運送去東京 ——開封建築園林的「花石綱」），所以李白所寫極具代表性，因此末句的「掩淚悲千古」之嘆便不是誇張而是十分真實的了。

三至六句，寫天氣的炎熱以及天旱運河水乾涸，水混濁不堪，盛在壺中的水一半是泥漿。一方面寫大自然給縴夫帶來的痛苦，另一方面也寫出人為的痛苦 —— 無人同情縴夫，為之倒清水來解渴，僱主的殘酷可想而知。雙重的苦難，使詩中發出「一唱都護歌，心摧淚如雨」的哀鳴。

聞王昌齡左遷龍標遙有此寄

【題解】

天寶七載（公元 748 年）暮春李白在揚州時作，王昌齡約天寶六載（公元 747 年）被貶為龍標縣尉，李白這首詩是投寄給這位不幸詩人，表現出對其貶謫遭遇的由衷的關懷與深切的同情。

王昌齡，與李白同時的著名詩人，二人都是寫七言絕句的聖手。詩評家說他們「七絕當家，足稱聯璧」。他性格孤潔恬淡，與世無爭，一生中遭遇二次貶謫。第一次在開元二十七年（公元 739 年），貶到嶺南，路經巴陵（今湖南省岳陽市）時與李白相遇，作有《巴陵別李十二詩》。天寶初，李白在長安待詔翰林時所寫的詩也提到他。可見他們之間感情的深摯。

左遷，古代右尊左卑，所以稱貶官降職為左遷。龍標，即今湖南省黔陽縣，唐時是蠻夷居住的荒遠偏僻之地。

【譯注】

楊花落盡子規啼 ❶，　　　　　楊花已落盡杜鵑鳥在哀啼，
聞道龍標過五溪 ❷。　　　　　聽說去龍標要渡過五道溪。
我寄愁心與明月 ❸，　　　　　我把哀愁的心寄託給明月，
隨風直到夜郎西 ❹。　　　　　跟隨你直到偏遠的貶謫地。

❶ 楊花落盡：一作「揚州花落」。子規：即杜鵑鳥。

❷ 五溪：指辰溪、酉溪、巫溪、武溪、沅溪，均在湖南西部。過五溪，是說路途
　 非常遙遠，在五溪之外。

❸ 愁心：為友人不幸遭遇而悲愁之心。

❹ 隨風：一作隨君。夜郎：是指今湖南省芷江縣西的唐朝夜郎縣。天寶元年（公
　 元 742 年）改名峨山，曾經是業州（龍標郡）治所。這裡夜郎西指龍標，龍標
　 實際上是在夜郎縣南，寫成夜郎西只是為了押韻的需要，即遠在西邊的夜郎的
　 意思。

【賞析】

　　暮春繁花落盡，芳菲消歇，杜鵑鳥「不如歸去」的啼聲響徹大地，使
寓居他鄉的詩人哀愁滿懷。此時聞到摯友被遠謫龍標，更是難堪。他沒有
能夠親自送友人遠行，只有以此詩遙寄表達自己的牽念。

　　第一句點明寫詩的時間，第二句點出友人遠謫之處 —— 在五溪之外
的龍標，多麼遙遠，險阻重重。最後二句寫自己雖然不能親自陪友人遠去
龍標，但牽掛他的一顆心都像明月長伴其左右，以消解其路途以及遠謫在
外的寂寞。

詩中賦予明月以人的思想感情，使之人格化，使詩句具有了豐富的內涵。沈祖棻說，它含有三層意思：一是說自己心中充溢愁思，但無可告訴，無人理解，只有將此顆愁心託之於明月；二是說明月分照二地，自己與王昌齡都能仰見；三是說，只有依靠明月才能將愁心寄與，再無他法。

李白這首詩果真寄到了，並給王昌齡以莫大的精神慰藉。由於年代久遠，資料散佚，我們看不到王昌齡回贈李白的詩，但從其他一些作品中還是可以看到寄詩所起的作用：

沅溪夏晚足涼風，春酒相攜就竹叢。

莫道弦歌愁遠謫，青山明月不曾空。

——《夜宴龍標》

沅水通波接武岡，送君不覺有離傷。

青山一道同雲雨，明月何曾是兩鄉。

——《送柴侍御》

可見融了李白愁心的明月消釋了王昌齡遠謫的煩憂以及離鄉別井的感傷。

友情對一個人是多麼的重要，由此可見一斑。

寄東魯二稚子

【題解】

　　李白有一子一女，姐姐叫平陽，弟弟叫伯禽，他們都是許氏夫人所生。許氏謝世後，李白為了自己的事業及為了漫遊，不能將他們帶在身邊。失恃的小姊弟只有相依度日，其情堪憐。天寶元年（公元742年），李白奉詔入京，寫過一首《南陵別兒童入京》，描述兒女圍繞膝下的歡樂以及不得已離開的原因。那時姐姐約十歲，弟弟約八歲。過了兩年多，李白從長安回東魯，用皇帝所賜金，在任城（今山東省濟寧市）購置了田產，和孩子安居了一年多。天寶五載（公元746年），李白又離開兩姊弟，漫遊江南。在離開期間，李白經常思念姊弟倆，想回去探望他們，但因種種因由歸不得，難免惆悵萬分。天寶八載（公元749年）李白在金陵寫了這首詩，抒發了對兒女無限懷思之情，可見李白是一位多麼慈愛的

父親。

此詩題下有李白自注:「在金陵作」。

【 譯注 】

吳地桑葉綠 ❶,	吳地的桑葉青翠碧綠,
吳蠶已三眠 ❷。	吳蠶已經三眠快結繭。
我家寄東魯,	我家寄居遙遠的東魯,
誰種龜陰田 ❸?	誰去種龜山北面的田?
春事已不及,	春日農事已來不及做,
江行復茫然。	江上行舟心緒紛紛亂。
南風吹歸心,	南風吹動我思歸的心,
飛墮酒樓前 ❹。	飛落家園的酒樓前面。
樓東一株桃,	樓的東面有一株桃樹,
枝葉拂青煙。	枝葉茂密飄拂着青煙。
此樹我所種,	這棵樹是我親手栽種,
別來向三年。	離別迄今已接近三年。
桃今與樓齊,	桃樹高度可與樓看齊,
我行尚未旋。	我遠行卻還沒有回還。
嬌女字平陽,	嬌愛的女兒名叫平陽,
折花倚桃邊。	折花後依在桃樹旁邊。
折花不見我,	折花時因為不見父親,
淚下如流泉。	眼淚落下如潺潺流泉。
小兒名伯禽,	稚小的兒子名叫伯禽,

與姊亦齊肩。	身材已經與姐姐平肩。
雙行桃樹下，	二人並行在桃樹下面，
撫背復誰憐？	又有誰輕撫背膀愛憐？
念此失次第❺，	想到此內心紛擾煩亂，
肝腸日憂煎。	肝腸寸斷日日受熬煎。
裂素寫遠意❻，	撕開絹帛寫遠方懷思，
因之汶陽川❼。	寄去汶水之畔的家園。

❶ 吳地：當時詩人在金陵，金陵春秋時屬吳國。

❷ 三眠：蠶每次蛻變前不食不動的現象叫「眠」。經過四眠，才老熟結繭。三眠，乃將老之意。

❸ 龜陰：龜山北面。龜山在今山東省新泰市西南。

❹ 酒樓：指李白在任城所構築的飲酒處。據說常與友人飲宴於此。現在濟寧市仍有一座「太白樓」，已闢為李白紀念館。

❺ 次第：次序。失次第，心緒紊亂，失去常態。

❻ 素：白色的生絹，古人常用來書寫。

❼ 汶陽川：即汶水。今名大汶水或大汶河，在今山東省中南部。

【賞析】

詩可分三部分來讀。

開頭八句為第一部分：由景物點出節令，想起農事，勾起思歸情緒，思想活動的過程敘寫得井然有序。「南風吹歸心，飛墮酒樓前」，把本來只能意會而不可把捉的「心」具體化，變得有形，而且有分量，實在是佳句。

接着以下十四句為第二部分：思緒圍繞樓東的那株桃樹展開。李白對

子女的思念以及子女對李白的思念都由此樹輻射出去。桃樹乃李白親植，有特殊的感情在內，「桃」字在此部分四次出現之所以不給人重複的感覺，乃是由於桃樹浸潤了父親與子女的淚水。

結尾四句為第三部分，表明自己實在忍受不住思家 —— 思念子女的煎熬，所以寫下此詩，以解思念之苦。

這首詩最大特色是明白如話，如敘家常；但情真意深，真摯感人。

人們將李白視為一個狂放不羈的人，以為他沒有夫妻愛、兒女情，讀了這首詩可以看到他十分感性的一面。可見不論是什麼人，性格都是多方面的，思想情感亦是複雜多變的。讀此詩，有助於瞭解李白的全人。

北風行

【題解】

　　《北風行》是樂府古題。內容多寫北風雨雪，遠行的人不歸的哀傷。李白沿用舊題，但結合現實賦予了新意，表現手法也有所創新。詩中不但寫戍婦思征人，更為重要的是它進一步揭示安祿山為了擴張勢力借故向東北邊境少數民族發動戰爭，結果是唐軍傷亡慘重，安祿山抱頭鼠竄，得免於死。李白來到幽州，聽到思婦對遠征陣亡的丈夫的思念的哭訴，內心激憤不已，筆端流瀉下這首詩，表達了對思婦的不幸的極度同情。可見他對戰爭所持的否定態度。

【譯注】

燭龍棲寒門 ❶，	燭龍盤棲在酷寒的地方，
光耀猶旦開 ❷。	光芒耀眼猶如東方發白。
日月照之何不及此 ❸？	日月的光芒為何照不到此地？
惟有北風號怒天上來。	只聽到北風怒號由天上傳來。
燕山雪花大如席 ❹，	燕山上的雪花大如草蓆，
片片吹落軒轅臺 ❺。	一片片紛紛飄落軒轅臺。
幽州思婦十二月，	幽州思婦在天寒十二月，
停歌罷笑雙蛾摧 ❻。	停止歌與笑緊皺着雙眉。
倚門望行人，	整日倚門盼望行人歸來，
念君長城苦寒良可哀 ❼。	思念你遠戍長城苦寒令人哀。
別時提劍救邊去，	當初離別你持劍救邊地，
遺此虎文金鞞靫 ❽。	遺留下虎紋飾的金箭袋。
中有一雙白羽箭，	裡面有一對白羽製的箭，
蜘蛛結網生塵埃。	上頭蜘蛛結網佈滿塵埃。
箭空在，	有什麼用呢？箭在眼前擺，
人今戰死不復回。	人現在已戰死不復返回。
不忍見此物，	我不忍心再見這個遺物，
焚之已成灰。	不如把它焚燒使之成灰。
黃河捧土尚可塞 ❾，	黃河還可以捧土去堵塞，
北風雨雪恨難裁！	愁恨如北風雨雪難消裁。

❶ 燭龍：古代神話中人面龍身無足的動物。目光明亮，睜眼為晝，閉眼為夜。寒門：指北方極寒的地方，積寒氣之所在，所以叫寒門。

❷ 猶旦開：比喻燭龍睜眼光芒耀眼猶如曙光照耀，黎明到來。

❸ 此：指後面思婦居住的地方，即幽州，唐時轄境相當現在北京市及河北省北部一帶。此句一作「日月之賜不及此」。

❹ 燕山：在今河北平原北側，由潮白河河谷直到山海關，東西走向。這裡不是專指，而是泛指燕地之山。大如席：形容雪片之大，詩張寫法，以突出燕地之酷寒。

❺ 軒轅臺：遺址在今河北省懷來縣喬山上。

❻ 雙蛾：雙眉。蛾，蛾眉，亦作娥眉。形容女性細長而彎曲的眉毛。雙蛾摧，雙眉緊皺。

❼ 良：確實。

❽ 虎文：虎形花紋。鞞韕：又作鞞韕、步韕，裝箭的器具。

❾ 黃河捧土：《後漢書・朱浮傳》：「此猶河濱之人，捧土以塞孟津（渡口名，在今河南省孟州市南），多見其不知量也。」其意為捧黃河之土堵塞不住孟津之水。此處反用其意，謂黃河之水不足道，可捧土加以堵塞，而思婦之恨卻如北風雨雪，無法遏制，綿綿難消。

【賞析】

前六句極寫幽州的苦寒。首四句以燭龍可以使此極酷寒之地照亮，而日月之光卻對幽州無能為力。除了狂風怒號，只有大如草蓆的雪花，漫天飄飛，這實在是一個陰暗的冰雪世界，簡直是人間地獄。三四句分別為八字九字長句，而且使用了反問句，形成一股極具震懾力的氣勢，讀時令人透不過氣來，這種力量在中國詩歌中是極為罕見的。

「幽州思婦十二月」至「焚之已成灰」，描寫思婦懷念陣亡丈夫的內心愁苦。第一句具體點名人物、地點和時令，與前部分陰暗酷寒的氣氛銜

接。第二句通過具體動作寫出歡樂已與她絕緣，三四句寫出之所以如此，乃是日夜思念遠戍苦寒的長城外的丈夫所致。幽州已是冰天雪地，酷寒難當。偏北的長城外，其寒冷當更難以忍受，顯示出她對丈夫的關愛。以下幾句轉入回憶，丈夫往日英勇提劍救援邊疆的情景歷歷在目。死後遺留下的箭袋仍掛在閨房內，還有那對白羽箭，可惜已經日久，自己情緒低落，亦無心思去擦拭，以致結網生塵，箭仍在而人已亡，睹物思人，情何以堪。所以不如焚燒之，以免勾引思念之情。這些描寫形象地顯示出思婦複雜的愁苦心態，而且層次井然。最後二句把抽象的愁恨具體化：認為即使捧土可以堵塞黃河不流，而自己內心的愁恨卻無法遏制，綿綿無絕期。由此可見戰爭給一般民眾帶來的心靈創傷是多麼深重！

這首詩結構十分完整。先寫景，後抒情，情景交融，氣勢磅礴的景色與充塞天地的愁恨能起到互相烘托的作用。全詩末句「北風雨雪」與題目關聯，亦回應第三句，「恨難裁」又與「良可哀」遙相呼應。

大雅久不作（《古風五十九首》之一）

【題解】

　　《古風》共五十九首，這組詩寫作於不同的時期，內容也相當龐雜，詩人針對社會現實中種種現象，使用比興手法，寄託自己的情思。從中可以看到詩人對人生、社會、歷史、文藝等觀點。五十九首詩編排上並無次序，但均將此首置於首章，可見其重要性。

　　在道首詩中，李白對從先秦到唐代的詩歌發展進程表達了自己的觀點，他以《詩經》為正統的文學思想在詩中得到了形象的闡釋，實際上是一篇詩論，為瞭解李白不可不讀之作。

【譯注】

《大雅》久不作❶， 　　雅正之聲久久無從聽得到，
吾衰竟誰陳❷？ 　　　　我已經衰老繼承依靠誰人？
《王風》委蔓草❸， 　　國風傳統已委棄於荒草叢，
戰國多荊榛。 　　　　　戰國詩壇遍地滿佈荊棘林。
龍虎相啖食， 　　　　　龍爭虎鬥互相殘殺無休止，
兵戈逮狂秦。 　　　　　兵戈相見最後為狂秦兼併。
正聲何微茫， 　　　　　《詩經》雅正的聲音逐漸微弱，
哀怨起騷人❹， 　　　　崛起了創哀怨之音的騷人，
揚馬激頹波❺， 　　　　揚雄司馬相如掀起了餘波，
開流蕩無垠。 　　　　　開啟新流風蕩漾無際無垠。
廢興雖萬變， 　　　　　文體的興衰雖然千變萬化，
憲章亦已淪❻。 　　　　詩歌應有的法度卻已沉淪。
自從建安來❼， 　　　　自從漢末的建安文學以來，
綺麗不足珍。 　　　　　文學華麗柔靡不足以為珍。
聖代復元古， 　　　　　直到唐代才開始恢復遠古，
垂衣貴清真❽。 　　　　無為而治主張文學貴樸真。
群才屬休明， 　　　　　有才華之士適逢政治清明，
乘運共躍鱗。 　　　　　乘着機運如魚龍騰躍詩林。
文質相炳煥， 　　　　　形式與內容互相照耀輝映，
眾星羅秋旻。 　　　　　如羅列在秋空的璀璨群星。
我志在刪述❾， 　　　　我的志向像孔子刪定詩經，
垂輝映千春。 　　　　　垂留的光輝千秋萬代永存。
希聖如有立， 　　　　　學習聖人倘若能有所成就，
絕筆於獲麟❿。 　　　　將如孔子絕筆於獵獲麒麟。

❶ 《大雅》：《詩經》的一部分，多作於西周初年，內容多反映王朝的重大措施或事件，這裡以《大雅》代表整部《詩經》，指以《詩經》為代表的我國詩歌傳統（正統），雅有正的意思。久不作：是說《詩經》傳統久已不興，無人繼承。

❷ 吾衰：孔子曾說過「甚矣吾衰也」的話，意思是說我已十分衰老了。陳：陳述，指寫詩。

❸ 王風：即《國風》，《詩經》的一部分，這裡也指《詩經》的傳統。

❹ 騷人：屈原作《離騷》，後世遂稱楚辭體的作品為騷體，其作者為騷人。

❺ 揚馬：指漢代辭賦大家揚雄與司馬相如。他們的作品對當代與後世有巨大的影響。

❻ 憲章：指詩歌創作的法則、規範。

❼ 建安：東漢末年漢獻帝的年號（公元 196 至 219 年），這裡指建安至魏初一段時期的文學，文學史稱為建安文學，以曹氏三父子及建安七子的詩歌為代表，它打破了兩漢以來辭賦壟斷文壇的局面。作品大多陳辭慷慨激昂，格調遒勁有力。

❽ 垂衣：《周易·繫辭》：「黃帝、堯、舜，垂衣裳而天下治。」後來成為「無為而治」的套語。是說君主很少發號施令，老百姓不受干擾的統治術。

❾ 刪述：孔子刪訂詩書，編修《春秋》，這句是說自己有繼承孔子事業的志向。

❿ 絕筆：停筆不寫了。獲麟：春秋魯哀公十四年（公元前 481 年），魯人獵獲一隻麒麟，孔子認為這象徵着自己的政治理想已臨絕境，於是哀嘆道：「吾道窮矣！」遂停筆不再著述，由其修訂的《春秋》即終於這年。

【賞析】

這首詩分兩部分來讀。

從開始到「憲章亦已淪」為第一部分。第一二句指出當前《詩經》式的寫實作品已經久久無人創作，自己年老體衰力不從心，但除了自己，誰又能寫出那類作品呢？有捨我其誰，只有勉力去做之意。三至六句寫戰國時期由於政局動盪不安，戰亂頻仍，群雄爭奪江山，最後為狂秦所吞併，兵戈不止，詩壇荒蕪自不待言。七八句寫《詩經》傳統衰微，楚辭騷體興起。九至十二句，寫到了漢朝揚雄、司馬相如的辭賦開闢了一個新天地，但漢賦後來內容貧乏，徒具華麗的形式，詩歌應有的法度淪亡了。

第二部分從漢末建安文學談起。第十三、四句說建安以後，六朝的文學柔靡華麗不值得珍視。十五至二十句寫到了唐代，文學（主要為詩歌）出現了光輝燦爛雲蒸霞蔚的局面。各種不同流派的詩人如魚騰龍躍，顯露文彩，完美的文藝形式與繁複豐富的內容相互輝映，詩人之多如眾星羅列明朗的秋空。最後四句說到自己對繁榮的唐代詩壇所持態度。他自比孔子，「志在刪述」，學習孔子寫出像《春秋》那樣的作品來。意為自己的詩作要如《春秋》，彪炳詩史，顯示出李白在文學方面的雄心壯志。

中國有評論詩的作品，但大多是絕句，就詩壇的某一種現象發表片斷的看法，像李白結合社會的發展探討詩歌的發展歷程，表達自己有系統的見解，則至為罕見，是十分特殊的一首。

將進酒

【題解】

《將進酒》是漢代樂府舊題。

在漢樂府中，《將進酒》原屬《鼓吹鐃歌》十八曲之一，內容以寫飲酒放歌為主。到了唐代，樂曲仍然留存，李白便根據原曲填上文詞，以抒發情懷，其題材與古辭相近。

「將」是請的意思。「進酒」，即喝酒之意。「將進酒」即「勸君喝酒」的歌曲。與樂府詩一樣，這是一首飲酒歌。

這首詩大約寫於天寶十一載（公元752年），這年夏天，李白與友人岑勳在嵩山（今河南省登封市北）西南麓另一好友元丹邱的潁陽山居作客，三人嘗登山飲宴，本詩可能是他們在一起飲酒放歌時所寫。詩中以黃河形象起興，淋漓酣暢地發洩了青春易逝、壯志難酬的人生苦悶。

【譯注】

君不見 ❶	你難道沒有看見
黃河之水天上來 ❷，	黃河的流水從天上滾滾而來，
奔流到海不復回。	急急地奔流到大海不再返回。
君不見	你難道沒有看見
高堂明鏡悲白髮，	高堂明鏡映出令人悲的白髮，
朝如青絲暮成雪。	早上像青絲到夜晚白如霜雪。
人生得意須盡歡，	人生應趁得意時光縱情歡樂，
莫使金樽空對月。	不要讓金杯空空地對着明月。
天生我材必有用，	上天賦予我的才能必有用處，
千金散盡還復來。	千金使用盡了還能再賺回來。
烹羊宰牛且為樂，	還是烹羊宰牛去尋歡作樂吧，
會須一飲三百杯。	應當開懷一口氣飲它三百杯。
岑夫子，丹邱生 ❸，	岑夫子啊，丹邱生，
將進酒，杯莫停。	請盡量飲吧，杯子千萬不要停。
與君歌一曲，	讓我為你們唱一支歌曲，
請君為我傾耳聽，	請你們傾耳為我專心地聆聽，
鐘鼓饌玉不足貴 ❹，	豪富的生活並不值得人欣羨，
但願長醉不復醒。	我只願永遠爛醉不願再清醒。
古來聖賢皆寂寞，	自古以來聖賢均是默默無聞，
惟有飲者留其名。	只有狂飲的名士才死後留下美名。
陳王昔時宴平樂 ❺，	往日陳王在平樂觀宴請賓客，
斗酒十千恣歡謔 ❻。	同他們豪飲美酒並縱情作樂。
主人何為言少錢，	主人何必説什麼沒有錢沽酒，

徑須沽酒對君酌。	只管買酒來與你不停地對酌。
五花馬，千金裘 ❼，	五色紋的寶馬，值千金的皮裘，
呼兒將出換美酒，	呼喚侍童都拿出去換成美酒，
與爾同銷萬古愁。	你我共同用酒銷除無窮煩愁！

❶ 君：這是樂府詩中常用的呼告語，有提起讀者注意下文的意思，「君」是對讀者的泛稱。

❷ 天上來：古人認為黃河源自昆侖山，因那裡地勢極高，故稱「天上來」，這乃是誇張的寫法。昆侖山，西起帕米爾高原東部，橫貫新疆、西藏間。東延入青海境內，長約二千五百公里。高峰有慕士塔格山（7,564 米）、公格爾山（7,719米）等。

❸ 岑夫子：指岑勳，李白的好友。夫子，對人的尊稱。丹邱生：指元丹邱，南陽人，李白的好友。生，過去對讀書人的稱呼。

❹ 鐘鼓饌玉：指豪門權貴，亦可作富貴功名之代稱。鐘鼓：古代豪門吃飯時有鐘鼓（音樂）伴奏。饌玉：精美如玉的食品，即玉饌，形容享受的奢侈。

❺ 陳王：曹操第三子曹植，因他曾被封為陳思王，故簡稱陳王。宴平樂：在平樂觀宴客。曹植《名都篇》有「歸來宴平樂，美酒斗十千」。宴，當動詞用，設宴、宴客之意。

❻ 斗酒十千：一樽酒價值十千枚銅錢。斗，盛酒器具。十千，酒價，極言酒價昂貴。

❼ 五花馬：毛色作五花紋的馬，形容馬的名貴。千金裘：價值千金的皮襖。據云：戰國時，孟嘗君有一狐白裘，價值千金，天下無雙。

【賞析】

　　此係由黃河的形象起興，抒發年華易逝，人生短暫的感嘆，奉勸人們得意之時應縱情歡樂，勿使歲月白白度過。接着抒寫「天生我材必有用」，一切聽其自然，不必強求的豁達態度；然後借勸酒盡情傾訴心中的鬱結，表達出自己對富豪權貴（即功名利祿）的蔑視。他不免慨嘆有才有德者的被冷落，只有憤世嫉俗，借醉酒狂歌來解愁的高潔之士才得以美名流傳；最後表示要仿效曹植豪宴痛飲的例子，自己要一擲千金買一醉，以銷解內心中黃河流水般無窮無盡的愁恨。

　　任何運動着的物體都不可脫離時間而存在，對無邊無際的宇宙來說，時間是沒有起點也沒有終點的。但對於個別的物體而言，它是不可以一瞬的短暫。因此，時間的流逝對人來說常常是一個無法擺脫的沉重負擔，使得人們面對它，不由得產生一種莫名的恐懼。這種情形，古今中外皆然。不過對時間有積極與消極之分，有人放棄人生，醉生夢死；有人則把握有限，努力爭取，李白是屬於後者。他雖然也感覺到時間的壓迫感 ——「朝如青絲暮成雪」，但他並不認為短暫的人生中，可以無所事事等閑過之，而是要將上天賦予自己的才能加以利用（不然也不必說「天生我材必有用」了），至於「長醉不復醒」，那是由於自己才能無法實現，用以解愁的藥方，這點閱讀時必須特別注意。

　　誇張是本詩最主要的創作特點，如「黃河之水天上來」、「朝如青絲暮成雪」、「會須一飲三百杯」、「斗酒十千恣歡謔」等，都是極度誇張之句，這些詩句予人以突出難忘的印象。如將上述句子改為「黃河之水從高處流下來」、「少年很快就會變成老人」、「應當多多的喝酒」、「買最貴的酒以供歡娛」，就會變為蒼白平淡、索然無味之句了。

　　優秀的作品必定是內容與形式一致，倘若用限制多多的律詩，恐怕很

難表現本詩中奔放瀟灑氣象萬千的內容，所以李白採用了篇無定句，句無定字（以七言為主，間雜三言、五言三言或十言等）形式較為自由的樂府詩舊題來寫作，全詩語言參差多變、錯落有致，產生極佳的藝術效果。如第一句「君不見黃河之水天上來奔流到海不復回」，可一口氣讀下，以顯示黃河之水自極高處流下，浩浩蕩蕩，經過深山峽谷、高地平原，經過近五千公里漫長的路程，奔馳入茫茫大海的運動鏡頭。

哭晁卿衡

【題解】

這是一首悼念日本故友晁衡而寫的七言絕句。從深切的哀悼之情可以看出李白和晁衡之間友情的真摯。

晁卿衡，即晁衡，又叫朝衡，日名為阿倍仲麻呂（公元 698 至 770 年），因曾任秘書監兼衛尉卿，故稱晁卿。唐玄宗開元五年（公元 717 年），晁衡二十歲，以遣唐學生（留學生）身分隨日本遣唐使來中國求學，在長安與公卿貴族子弟一起在太學讀書，學成後留居中國，歷任左拾遺、左補闕、秘書監兼衛尉卿、左散騎常侍、安南都護等職。居留中國期間，他與當時著名詩人李白、杜甫、王維、儲光羲等結下深厚友誼。天寶十二載（公元 753 年），晁衡回日本，不幸在琉球附近的海上遇到大風暴，漂流到越南驩州沿岸。天寶十四年（公元 755 年）六月，才輾轉回到長安。但李白在聽到其已遇海難的誤傳後，十分悲痛，遂寫下此詩寄託哀思。

【 譯注 】

日本晁卿辭帝都 ❶，
　　　　　　　　　　　　日本友人晁衡辭別帝都，
征帆一片繞蓬壺 ❷。
　　　　　　　　　　　　一片孤舟繞過仙山蓬壺。
明月不歸沉碧海 ❸，
　　　　　　　　　　　　彷彿皎潔明月沉落碧海，
白雲愁色滿蒼梧 ❹。
　　　　　　　　　　　　悽愁的白雲籠罩着蒼梧。

❶　帝都：唐朝京城長安。

❷　蓬壺：傳說中蓬萊方壺兩座仙山。

❸　明月：指晁衡，比喻他品格高潔光明。

❹　蒼梧：山名。據《一統志》載：東北大海中有大洲，名叫郁洲，又名郁山，據
　　說此山是從蒼梧飛徙來的，故又名蒼梧山。此句是說海中的蒼梧山也為晁衡的
　　遇溺而哀愁。

【 賞析 】

　　這首詩在短短的篇幅中敘述了晁衡遇難的經過，通過景物抒發了對他
不幸死亡的哀悼之情。第三句把晁衡的死寫得十分美，不說他溺死，而說
他像明月沉碧海，非常含蓄，還用明月暗示其光明磊落，使末句的高山亦
為之悲愁，顯得極具感染力。

獨坐敬亭山

【題解】

　　這首詩作於天寶十二載（公元 753 年），描述了詩人面對敬亭山時的心境。

　　敬亭山，在安徽省宣城市北郊十二里處，山高數百丈，千巖萬壑，風景幽美。山上有敬亭，是南齊詩人謝朓遊玩吟哦之處，故用以命名。謝朓是李白生平最為傾慕，並給予極大影響的詩人，所以他在宣城期間經常在山上盤桓留連，吟詩抒懷。

【譯注】

眾鳥高飛盡，　　　　　　　所有的鳥兒都高高飛走了，

孤雲獨去閑。　　　　　　　一片孤雲獨來獨往好悠閑。

相看兩不厭，　　　　　　　互相對看而不會感到倦厭，

只有敬亭山。　　　　　　　只有你啊我所愛的敬亭山。

【賞析】

　　在中國，詩人寫山經常是和寫水聯繫在一起的，敬亭山在李白詩中出現好多次也都和水分不開。如：「敬亭愜素尚，弭棹流清輝。冰谷明且秀，陵巒抱江城。」（《自梁園至敬亭山見會公》）；「敬亭白雲氣，秀色連蒼梧。下映雙溪水，如天落鏡湖。」（《贈宣州靈源寺仲濬公》）

　　但這首詩完全不同。詩人把山周圍可以映襯它的美麗姿態的活的景物，不但是水、樹，連鳥兒浮雲都統統抽掉，於是一座山兀傲地矗立在那空白的背景上，使人感到宇宙的冷漠、空曠、孤寂、蒼茫。不過當這山與詩人的情思相互交流時，一股溫馨的暖流傾瀉在這背景上。

　　在詩中，孤零零的山面對孤零零的人，彼此不斷地互相端詳，無言地互相端詳，無言地交換內心的秘密，絲毫不覺厭倦。其中寫的是人和大自然的關係，不必任何媒介，自然而然地就像多年摯友，互訴衷曲，相互勗勉。李白在人生道路上蹭蹬困躓。寫這首詩時，已近暮年，內心難免有失落迷惘、空虛孤獨的感觸。當前在暮色中，看到了這座雖然也像自己孤子一身，但卻能卓爾不群、挺拔而立的山峰形象遂油然而覺得充實起來，而把它引為知友——唯一的知友了。這就是「相看兩不厭，只有敬亭山」兩

句詩的豐富內涵了。人和大自然能合而為一，人與人之間倒反不能溝通，互相爭奪、互相折磨，這應該說這首莊嚴的詩背後隱含的悲劇情調吧，人們讀後應當有所深省。

山中問答

【題解】

　　李白出川後，寓居安陸（今湖北省安陸市）十年間，曾隱居碧山桃花巖，這首詩即寫於此期間。詩名一作《山中答俗人》。俗人，指世俗的人，可能有人見到李白長期隱居山中，而不肯出仕，感到不解，於是問他為何如此。他以此詩作答，抒發了他對大自然的一往情深，表現出他十分滿意隱居山林的閑適生活。

【譯注】

問余何意棲碧山 ❶？　　　　　　你詢問我為什麼隱居在碧山？

笑而不答心自閑。　　　　　　我笑而不答內心十分地安閑。

桃花流水窅然去 ❷，　　　　　桃花隨着流水飄流到遠處去，

別有天地非人間。　　　　　　這裡另有一番天地不是人間。

❶ 碧山：《安陸縣志》，白兆山，一名碧山，下有桃花巖，李白讀書處。

❷ 窅然：窅，音夭，深遠的樣子。這二句活用陶潛《桃花源記》的故事：東晉
　 時，湖南武陵有一個漁人沿溪捕魚，忽逢桃花林，芳草鮮美，落英繽紛。林盡
　 水源，便得一山，山有小口，從口入，發現其中別有非人間的天地：那裡沒有
　 戰爭，人們個個安居樂業，閑適自得。

【賞析】

　　這是一首問答詩，但有問無答，詩人只是將自己居住之處的非人間的
美境寫出代答。其餘一切讓讀者想像去，體會去，那味道是無窮盡的。詩
人悠然自得的心情與窅然去的流水完全一致。

　　如果把它答出很簡單：我喜歡這裡桃花源般的非人間境界。不過一答
出，詩就形同嚼蠟。由此可以瞭解什麼叫含蓄。嚴滄浪說：「語忌直，意
忌淺，脈忌露，味忌短。」李白可以說是把握住詩含蓄的三昧。

聽蜀僧濬彈琴

【題解】

天寶十二載（公元 753 年）秋，李白遊安徽宣州，在一座名叫靈源寺裡聽到法號濬的四川僧人彈琴，很受感動，寫下這首五律。詩中描繪了蜀僧濬卓越的琴藝和高潔的人格，並表現詩人對他的無限欽佩之情。

【譯注】

蜀僧抱綠綺 ❶，	蜀地的僧人手抱綠綺琴，
西下峨眉峰 ❷。	從西邊的峨眉山來宣城。
為我一揮手 ❸，	為我揮揮手彈奏了一曲，
如聽萬壑松 ❹。	如同聽到萬壑的松濤聲。

客心洗流水 ❺，	我的心像被流水清洗過，
遺響入霜鐘 ❻。	餘音與古刹晚鐘聲相融。
不覺碧山暮，	不知不覺碧山籠罩暮色，
秋雲暗幾重。	空中秋雲又凝聚好幾重。

❶ 綠綺：琴名。為漢代大辭賦家司馬相如所有。這句是說蜀僧懷有名琴。

❷ 峨眉峰：即四川省的峨眉山，是我國四大佛教名山之一。

❸ 揮手：彈奏，形容彈琴時的瀟灑姿態。

❹ 萬壑松：千山萬壑中洶湧澎湃的松濤聲。

❺ 客：李白自指。他來山中，是客。流水：如流水般優美的琴聲。據說春秋時，有一位名叫鍾子期的人精通音律，能聽得出彈奏者的志趣所在。他聽到善於彈琴的伯牙的演奏之後，知道他志在高山和流水，十分高尚。伯牙遂引以為知音。

❻ 霜鐘：《山海經》記載：豐山有九鐘，霜降則鳴，故曰霜鐘，這裡指古刹秋天傍晚的鳴鐘。

【賞析】

第一二句點明了人物蜀僧濬以及他來自何處。「下」字用得好，說明他是個高僧，如用「來」就表現不出那種氣派，抱琴而來說明他對琴的熱愛。接着四句極寫蜀僧的高超琴藝，同時從琴音顯示其志向的高尚雅潔。最後二句寫詩人完全陶醉於琴音之中，連碧山已暮，秋雲凝聚數重都不覺得，間接寫出琴音是如何優美動聽，李白真可說是蜀僧的知音。

全詩沒有一個字讚美蜀僧的琴藝與人格，但字字句句都在暗示這點，從中可以看出李白具有的隱逸的思想傾向。

山中與幽人對酌

【題解】

　　這首詩敘述李白與隱居深山中一位高士相對飲酒的情景，充分展示出李白與友人情意的真摯與關係的融洽，已經到了不分你我的地步，也表現了他率真豪放不羈的性格。

【譯注】

兩人對酌山花開，
一杯一杯復一杯。
我醉欲眠卿且去 ❶，
明朝有意抱琴來 ❷。

山花盛開我倆對飲多暢快，
喝了一杯一杯又是一大杯。
我喝醉了想睡覺你先回去，
明朝如有興致請抱琴過來。

❶ 我醉欲眠：用東晉詩人陶潛的故事。據說陶潛十分好客，到他家的客人，不論貴賤都一視同仁接待，有酒就取出共飲。如果他先醉，就對客人說：「我醉欲眠，卿可去。」卿：你，對朋友表示尊敬或親暱的稱呼。

❷ 抱琴來：陶潛不懂音樂，但家中有無弦琴一張，飲到興奮的時候，就撫琴以寄託情懷。

【 賞析 】

李白詩最大的特點是自然真率，不加雕飾，他反對人工的雕琢，認為這樣會丟失了詩歌天真的情趣。

這首詩完全用不加修飾的口語寫出。中間雖然用了陶潛的典故，但已經完全消化，看不出是在用典，這是用典的最高境界。

詩的第一句直截了當點出了當事人、事件、地點與環境，然後承接「對酌」寫出其情景：「一杯一杯復一杯」，說明飲得多麼痛快，毫無節制，亦顯示出二人是知己，否則何能暢飲如此。句中一連疊用三個「一」字，不但表現出疊字的節奏美，還把內容表達得十分集中而透徹。

最後二句以對話結束，本來應該是主人說的，李白反客為主，把天真的醉態生動地映現出來。

秋登宣城謝朓北樓

【題解】

　　天寶十二三載（公元 753 至 754 年）秋天，李白到達宣城（今安徽省宣城市），登上南齊詩人謝朓任宣城太守時在宣城陵陽山上建的北樓（又稱謝朓樓），觀賞到宣城秀美的山水。秋色宜人，如詩如畫。他內心充滿了對謝朓的懷念之情。

　　謝朓（公元 464 至 499 年），南朝齊詩人，字玄暉，陳郡陽夏（今河南省太康縣）人，曾任宣城太守。現存優秀詩多為山水詩，風格清新流麗，為李白所推許。

【譯注】

江城如畫裡 ❶，	江城如同在美麗的圖畫裡，
山晚望晴空 ❷。	黃昏從山上遠眺晴朗天空。
兩水夾明鏡 ❸，	兩條水夾城而流明澈如鏡，
雙橋落彩虹 ❹。	雙座橋映在水中如同彩虹。
人煙寒橘柚，	縷縷炊煙使橘柚透出寒意，
秋色老梧桐。	沉沉秋色令梧桐老氣橫縱。
誰念北樓上，	有誰能夠理解我在北樓上，
臨風懷謝公？	臨風深切懷念謝朓的心情？

❶ 江城：即宣城，因宣城有宛溪、句溪二水繞城流過，故稱。

❷ 山：指陵陽山，在宣城縣城內。山上岡巒盤曲，是當地的主要山脈。

❸ 兩水：指宛溪與句溪。宛溪繞宣城東而流至縣東北與句溪匯合。句溪在宣城東三十三里，溪流迴曲，形如「句」字。

❹ 雙橋：指宛溪上的鳳凰和濟川二橋。彩虹：形容橋呈拱形。

【賞析】

　　李白對宣城懷有特殊的感情，他曾七度遊覽宣城，乃是因為宣城山水秀麗以及有他最為崇拜的詩人謝朓遺跡在。遺跡主要為二處，一為謝公亭，另一就是本篇所寫的北樓。

　　本詩起二句點明傍晚登樓遠眺宣城，並以驚嘆的筆調道出該城風景美麗如畫，不說「宣城」而說「江城」，乃特別描述其特徵在有「兩水」之勝，為他地所無。三四句具體描寫宣城山水之秀麗。「夾明鏡」寫夾城合

流的「兩水」明潔如鏡，「落彩虹」寫溪水中倒映的拱形的橋影，由於夕陽餘暉的照耀，呈現出光彩，故曰「彩虹」。「夾」與「落」二字運用巧妙。「夾」字由平面着眼，映現出溪水由分到合的圖畫，「落」字從上下着眼，映現出水上的橋與水下的影子景象。二字顯示出十分遼闊的空間。五六句寫宣城輕淡的秋景，深秋萬物蕭瑟，給人以「寒」與「老」的感覺。詩人是從直覺來描寫「橘柚」和「梧桐」的，因而給人留下深刻的印象。讀時要特別注意詩人獨特的寫法，這一寫法是與詩人對大自然的熱愛，並深入其中發現其生命有關。不可只簡單看成一種技巧，或一種修辭手法。

最後二句因景生情，抒發了對自己所崇敬的詩人的懷念之情。用的是問句，其中含有無限的感慨，說明與謝朓能如此心心相通的人並不多，自己是十分寂寞的。這種心情在五六句的「寒」與「老」中也有所暗示。

這首詩從登樓遠眺敘起，中間寫景，至臨風懷人結束，十分自然流暢。其中敘事、描寫、抒情也緊密交融，看不出銜接的痕跡。

陪侍御叔華登樓歌

【題解】

　　這首詩亦寫於天寶十二三載（公元 753 至 754 年）李白遊宣城之時。詩題又作《宣州謝朓樓餞別校書叔雲》，李白另有《秋登宣城謝朓北樓》、《餞校書叔雲》二首，可能後人誤會而成為此首詩題。

　　侍御叔華，即李華，字遐叔，趙州贊皇（今河北省元氏縣）人。唐代散文家，名作《弔古戰場文》即出其手。玄宗開元進士，曾官監察御史，累轉侍御史（掌管糾察百官和各地訴訟案件的官），故稱「侍御」。叔，族叔。

　　這首詩是李白遊覽宣城、陪族叔李華登謝朓樓飲宴時所作。詩中主要是抒發了詩人壯志未酬、懷才不遇的鬱鬱情懷。

【譯注】

棄我去者昨日之日不可留，	拋棄我而去的昨日已無法挽留，
亂我心者今日之日多煩憂。	擾亂我心緒的今日太令人煩憂。
長風萬里送秋雁，	萬里長風吹送南飛的秋雁，
對此可以酣高樓。	面對美景可以酣醉於高樓。
蓬萊文章建安骨❶，	你的文章具有建安的風骨，
中間小謝又清發❷。	我的詩篇猶如謝朓般清麗。
俱懷逸興壯思飛，	你我均懷高超意興與壯志，
欲上青天覽明月❸。	意欲攀登上青天摘取明月。
抽刀斷水水更流，	抽出刀來斷水水卻更急流，
舉杯消愁愁更愁。	舉起杯來消愁愁卻更加愁。
人生在世不稱意，	人生在世上不能稱心如意，
明朝散髮弄扁舟❹。	不如明朝散髮駕舟去飄遊。

❶ 蓬萊：原來是指海中的仙山。據說是神仙藏寶書之處。所以漢代學者稱東觀為「道家蓬萊山」。這裏指李華的文章。建安骨：建安是東漢獻帝的年號（公元196至220年），建安年間，曹操、曹丕、曹植三父子，加上孔融、王粲、徐幹、劉楨、阮瑀、陳琳、應瑒建安七子的詩文中所呈現的辭情慷慨，格調俊爽剛健的文風。

❷ 小謝：指謝朓。與南朝宋詩人謝靈運合稱為大小謝，謝靈運在先，故稱大謝。中間指漢魏和唐朝之間。

❸ 覽：通攬。攬取、摘取。

❹ 散髮：古人留長髮，必須束起來，才能戴上帽子。散髮，拋棄紗帽，即不受拘束自由自在之意。弄扁舟：划小船。此句用春秋時越國范蠡輔佐越王勾踐打敗吳王夫差復國後駕舟泛遊江湖的故事，說明不慕榮華富貴歸隱江湖。

【賞析】

　　李白的詩歌常常使用一種他所特有的令人驚愕的句子開端。如《將進酒》的「君不見黃河之水天上來，奔流到海不復回」以及《行路難》（其二）的「大道如青天，我獨不得出」等所顯示的那樣。

　　這首詩不論是為餞別而寫，還是為陪人飲宴而寫，其開端用兩個十一字的長排比句表現自己內心憂思愁緒之綿綿不斷，都似乎與題旨無關，使人讀後感到突兀，因而印象非凡。當然讀畢全詩才能領會它是全詩的有機部分，煩憂情思在詩中是貫徹始終的。

　　第三四句點明餞別的時間與環境。時間是秋季，秋風勁吹，北雁南飛，地點則在謝朓北樓，此景與此情（別情）正好緊密結合。二句意境開闊，情感豪邁，充分顯示李詩特色。

　　「蓬萊」以下四句寫自己與李華均有才華與抱負，甚至有上青天攬明月的偉大抱負，然而都不得實現。

　　最後四句以無法排解的愁悶作結。末二句中雖然亦道出解決「不稱意」的辦法是「散髮弄扁舟」，實際上只是一種無可奈何的人生逃避。

　　這首詩除第一、二句是極具獨創性的名句外，「抽刀斷水水更流，舉杯消愁愁更愁」亦是佳作。首先是用「抽刀斷水」水不能斷流，比喻「舉杯消愁」愁只有加增而更愁，將抽象的愁恨具體化，十分形象生動。且十四個字中連用兩個「水」字和三個「愁」字，卻並不使人覺得拖杳重複，反而覺得音調諧婉。這是因為第四五字的「水」與「愁」在句中起到頂真的修辭作用。詩人並非在玩弄文字遊戲。於是這兩句詩便與李煜的「問君能有幾多愁，恰似一江春水向東流」及李清照的「只恐雙溪舴艋舟，載不動許多愁」，成為千古流傳的寫愁的名句了。所不同的是李煜是寫愁之綿長，李清照寫愁之沉重，而李白則寫愁的不可能人為的把它斷絕，它將長存世間。

秋浦歌（十七首選十一）

【題解】

　　秋浦，縣名，唐置，即今安徽省池州市貴池區。以境內有秋浦河而得名。秋浦河又名貴池水，源出祁門縣北馬鞍山，東北流入貴池縣城附近，入長江。李白一生曾三次遊秋浦，留下七十餘首詩作。《秋浦歌》係由十七首短詩組成，其中以絕句為主。

　　這組詩是天寶十三載（公元 754 年）李白第二次遊秋浦時所作。詩中映現了秋浦的山川風物和民俗民情，流露出已屆暮年的李白對國事的憂心以及對故園的懷思。

【譯注】

其一

秋浦長似秋 ❶，	秋浦氣氛老是如秋天，
蕭條使人愁。	蕭條景象使人愁腸斷。
客愁不可度，	客愁多得你無法量度。
行上東大樓 ❷。	緩步走上東面大樓山。
正西望長安，	正西望去可以見長安，
下見江水流。	向下看長江水流不完。
寄言向江水，	長江水啊讓我問問你，
汝意憶儂不 ❸？	你是否經常將我思念？
遙傳一掬淚，	請你遙傳去一掬眼淚，
為我達揚州。	在揚州上空為我灑散。

❶ 長似秋：可以有二種解釋。其一為永遠像秋水般澄碧；另一為永遠像使人悲愁的秋天，中國文人把秋天看成一個悲愁的季節。因為到了秋天，萬木開始凋落，充滿肅殺的氣氛。漢代文學家宋玉在他的《秋賦》裡的第一句話：「悲哉！秋之為氣也。」給秋天定下了「悲」的基調，為後世多愁善感的詩人所仿效。

❷ 大樓：山名。今稱大龍山，位於安徽省池州市城南，主峰柏峰崖高 447 米。

❸ 儂：我。不：否。

其二

秋浦猿夜愁，	秋浦猿猴夜晚啼聲苦愁，

黃山堪白頭 ❶。　　　　　使得黃山聽後都白了頭。

青溪非隴水 ❷，　　　　　清溪不是隴頭流下的水，

翻作斷腸流。　　　　　　反轉成令人斷腸的水流。

欲去不得去，　　　　　　想離開池州又不能離去，

薄遊成久遊 ❸。　　　　　本來是短遊卻變成長遊。

何年是歸日？　　　　　　哪年哪月才是歸去日子？

雨淚下孤舟 ❹。　　　　　如雨的淚水掉落於孤舟。

❶　黃山：指安徽省池州市城南九十里的黃山嶺，又叫小黃山，以與黃山市的黃山
　　區別開來。

❷　青溪：一作清溪。溪水源出安徽省池州市貴池區�타溪山，上流稱�타溪，自姚街
　　以下稱清溪。隴水：隴山（今陝西省隴縣西南）的流水。古樂府《隴頭歌辭》：
　　「隴頭流水，流離四下。念吾一身，飄然曠野。隴頭流水，鳴聲幽咽。遙望秦
　　川，肝腸斷絕。」

❸　薄遊：短暫的旅遊。

❹　雨淚：淚如雨降下。

其三

秋浦錦鴕鳥 ❶，　　　　　秋浦的鴕鳥美似錦，

人間天上稀。　　　　　　人間天上均極罕稀。

山雞羞淥水 ❷，　　　　　山雞羞於面對淥水，

不敢照毛衣。　　　　　　不敢照自己的毛衣。

❶　錦鴕鳥：秋浦所產之土鳥，形似吐綬雞，體長尺餘，尾長三尺羽，翎羽青黃相
　　映像下垂的彩色綠帶。

❷ 山雞：又名山雉，有色彩斑斕的羽翼，能自我欣賞，終日映水，目眩則墮水溺
死。二句是說山雞自慚不如錦鴙鳥的羽毛美麗，羞得不敢對水映照看自己的
影子。

其五

| 秋浦多白猿，　　　　　秋浦有許許多多的白猿，
| 超騰若飛雪。　　　　　敏捷地騰躍似片片飛雪。
| 牽引條上兒，　　　　　母猿攜帶枝條上的猴兒，
| 飲弄水中月。　　　　　邊飲水邊戲弄水中明月。

秋浦多白猿，　　　　　秋浦有許許多多的白猿，
超騰若飛雪。　　　　　敏捷地騰躍似片片飛雪。
牽引條上兒，　　　　　母猿攜帶枝條上的猴兒，
飲弄水中月。　　　　　邊飲水邊戲弄水中明月。

其八

秋浦千重嶺，　　　　　秋浦有重重疊疊的山嶺，
水車嶺最奇 ❶。　　　　其中以水車嶺最為險奇。
天傾欲墮石 ❷，　　　　青天傾斜山石搖搖欲墜，
水拂寄生枝 ❸。　　　　山水拂動樹上的寄生枝。

❶ 水車嶺：在安徽省池州市貴池區西南。山嶺陡峭險峻，旁臨深淵，奔流衝激其
上，發出如水車轉動的聲音，故名。
❷ 天傾：山勢陡峻，聳入雲霄，天似乎要傾斜了。
❸ 寄生枝：寄生在樹枝上的一種植物。

其十

千千石楠樹❶，　　　　　千千棵的石楠樹，
萬萬女貞林❷。　　　　　萬萬株的女貞林。
山山白鷺滿，　　　　　　座座山白鷺滿佈，
澗澗白猿鳴。　　　　　　條條澗白猿哀鳴。
君莫向秋浦，　　　　　　勸你可別去秋浦，
猿聲碎客心。　　　　　　猿聲敲碎你的心。

❶　石楠：常綠灌木或小喬木，高可達十餘米。葉橢圓形，質厚，邊緣有細鋸齒。
　　初夏開小白花，核果小球形，木材有香氣。

❷　女貞：又名冬青樹，常綠灌木或小喬木，初夏開白色小花。

其十一

邏人橫鳥道❶，　　　　　邏人磯險峻鳥才能飛過，
江祖出魚梁❷。　　　　　對峙的江祖石高出魚梁。
水急客舟疾，　　　　　　水流湍急客舟飛奔急馳，
山花拂面香。　　　　　　燦爛的山花拂面陣陣香。

❶　邏人：即邏人磯，亦稱邏人石。在今安徽省池州市城南二十里萬羅山北山腰。

❷　江祖：山名，在池州市南二十五里，在清溪河北岸。其石壁立，直落清溪河
　　中。魚梁：一種捕魚設備。以土石截住水流，留有缺口，用竹籠承接，魚隨水
　　游入籠中，能入而不能出。這句說江祖石高過為了捕魚而修築的堤壩。

其十二

水如一匹練 ❶，	水面如一匹潔亮的白練。
此地即平天 ❷。	這個湖的名字就叫平天。
耐可乘明月 ❸，	既然不能乘坐明月遨遊，
看花上酒船。	只有邊賞鮮花邊上酒船。

❶ 練：白絹，絹是一種質地薄而堅韌的絲織品，也指用生絲織成的一種絲織品。

❷ 平天：即平天湖。舊址在安徽省池州市貴池區西南五里的齊山腳下，今已乾
　涸。在唐代秋浦河與清溪河均匯合於平天湖而入長江。湖面寬闊，從上清溪到
　下清溪幾乎連成一片。

❸ 耐可：能可，哪可之意。

其十三

淥水淨素月，	清澈的水比明月更澄淨，
月明白鷺飛。	白鷺飛翔在如畫月光中。
郎聽採菱女，	小伙子聽到採菱女歌聲。
一道夜歌歸 ❶。	一路唱歌歸去興致沖沖。

❶ 這兩句所寫乃是江南的農村風俗。《爾雅翼》云：「吳楚風俗，當菱熟時，士女
　相與採之，故有採菱之歌以相和。」

其十四

爐火照天地，	冶鍊爐中的火光照亮天地，
紅星亂紫煙。	火星在紫色的煙霧中飛濺。
赧郎明月夜 ❶，	勞工在月明之夜辛勤勞作，
歌曲動寒川 ❷。	歌聲嘹亮震盪寒冷的河川。

❶ 赧：因羞慚而臉紅。赧郎，指被爐火映紅了面孔的勞工。

❷ 寒川：指寒冷的秋浦河。

其十五

白髮三千丈，	我的白髮長有三千丈，
緣愁似箇長 ❶。	因為愁才變得這麼長。
不知明鏡裡，	不知道明鏡裡的自己，
何處得秋霜 ❷？	何處染得一頭的秋霜？

❶ 箇：這麼。

❷ 秋霜：喻白髮。

【賞析】

　　第一首：寫詩人上大樓山西望長安。長安是唐朝的首都，懷念長安，表示詩人對國事的關懷。最後四句問江水可否記得自己以及希望江水能將他的一掬淚流達揚州，實際上也寫的是懷念長安。因為揚州是東西南北交

通的交匯點和當前詩人要北上長安必經之路。由此可見詩人對長安的念念不忘。

第二首：抒寫鄉愁。因猿鳴而引起。第一二句用誇張手法描述猿鳴的悽怨，連幾十里地之外的黃山聽後都為之白頭。鄉愁滿懷的羈旅聞後更何以堪！所以連風光秀美的清溪的流水，聽了都誤以為是鳴聲嗚咽，使人聽了肝腸斷絕的隴頭水，這就充分顯示出詩人完全被鄉愁壓倒了。

第三首：描繪秋浦的錦鴕鳥羽毛的華美。除以「人間天上稀」來誇耀外，更以羽毛極美的山雞都自慚不如，不敢在清水中照羽毛以襯托出錦鴕鳥的非凡美麗。

第五首：寫猿猴矯捷佻皮，活潑可愛的姿態。「飛雪」形容猴兒多，牽引枝條來來去去似雪花紛飛，十分壯麗，是一幅絕妙的群猴嬉戲圖。

第八首：表現秋浦山嶺的險峻。第三句用誇張手法寫山峰的峻峭，寫詩人仰觀時的內心感覺，化靜為動（「天傾欲墮石」即是）；第四句寫流水撞擊山崖，浪花拂動崖旁樹枝上的寄生枝，使得全詩畫面上有山有水，靈活多姿了。

第十首：這首詩純用白描手法寫樹（石楠、女貞），寫禽（白鷺）、寫獸（白猿），最後二句也以同樣手法寫猿鳴引起羈客的愁思，詩前四句以疊詞（千千、萬萬、山山、澗澗）開端，以對偶句式出之，展顯秋浦是一個樹木茂盛、鳥獸繁多、生機蓬勃的地方。重複的疊詞朗讀起來音節和諧動聽，增加了詩的音樂美。

第十一首：寫在對峙的奇峰下行舟的情景。詩人乘舟疾駛，向前運動，而山峰本來是固定停止的，可是在行舟上觀山的感受卻是山在動，「橫」與「出」的感覺即由此產生。它把山動化了，賦予無生命以生命。後二句寫行舟時情景：水流湍急，輕舟飛奔。燦爛的山花拂面，濃郁的香味撲鼻而來。詩人愉悅的心情溢於言表。使人想起詩人晚年所寫的《早發

白帝城》一詩中的「輕舟已過萬重山」之句。這是《秋浦歌》十七首中心情最愉快的一首。在詩中詩人完全忘記了對家與國的懷思，也忘記了身世的種種不幸，而是完全陶醉於水光山色之中。

第十二首：寫平天湖的景色以及詩人的內心感受。第一句以練比喻湖水在皎潔月光下的潔白純淨，此比喻是從南朝齊詩人謝朓的名句「澄江靜似練」（《晚登三山還望京邑》）脫化而來。所不同的是謝氏是以「練」比喻江水，李白則是比喻湖水。第二句「此地即平天」——原來這個地方就是平天湖！說明詩人對此湖早已聞名。如今親臨其地，發現果然名不虛傳，發出了衷心的讚嘆。最後二句道出在明月之下觀花、載舟飲酒，也是賞心樂事。

第十三首：描繪出一幅江南水鄉月夜採菱的生動圖畫。清澄的河水，皎潔的明月，飛翔的白鷺，活潑的採菱姑娘盪槳採菱，一對對的情侶唱着溫柔的戀歌回家去。詩完了，但歌聲仍然在耳際迴盪。詩的主要部分是後二句，前二句只是作為小伙子與採蓮姑娘活動的背景。人與景十分和諧地配合，情與景也能交相融合。

第十四首：描寫冶鍊金屬的工人勞作時的火熱場面。中國是農業社會，許多作品寫的都是農夫的生活狀況，寫工人的作品卻難得一見，所以這首詩顯得彌足珍貴。據《新唐書·地理志》：秋浦是產銀產銅之區，因此第一二句所描寫的冶鍊爐火光照徹夜空，以及火花四濺的情景是詩人目睹而寫出的，並非憑空想像。後二句寫工人勞作時歌聲震動寒川亦非誇張之詞。詩人看慣了田園的靜謐，現在見到如此雄偉的場面，內心所受震盪可想而知，遂從字裡行間透露。「照天地」、「亂紫煙」、「動山川」，照、亂、動，三個動詞用得準確有力，堪稱詩眼。

第十五首：這是一首寫「愁」的名詩。詩人在起句中用誇張手法突然地將「白髮三千丈」形象豎立在讀者面前，使讀者感到驚愕，接着才寫

出白髮這麼長的原因乃是「愁」所造成的。這種手法稱「逆接」，它將因果倒置了。還有我們常看到作品中用江之長、草之連綿、霧之濃重來形容「愁」，李白則另闢蹊徑，用白髮之長來形容，而且突兀而來，真有石破天驚之效果。「三千丈」是極端的誇張，在現實中決無此事，但從藝術的真實的角度來看，它是令人信服的，把抽象的「愁」具象化了，給人留下難忘的印象。

有人說李白的「白髮三千丈」乃事實的真實，說人體頭髮約一萬根，古人髮長，以三尺計，共三萬尺，正合三千丈之數。這樣讀詩貌似很科學，實際上是把詩讀死了，怎麼能欣賞到詩中所含蘊的美呢！

這組《秋浦歌》內容繁豐，寫秋浦的風物的各個方面；表現手法也能適應內容的需要，靈活多元，幾乎篇篇各異。讀時要特別注意此詩從地名秋浦而聯想到的「秋－愁－白髮」的「悲秋」基調。

送友人

【題解】

這首五律是天寶十三載（公元 754 年）李白在宣城（今安徽省宣城市）送別友人時寫的，抒發了與友人別離時的依依不捨之情。

【譯注】

青山橫北郭 ❶，	青翠的山峰橫亘在北郭，
白水繞東城 ❷。	閃光的水流圍繞於東城。
此地一為別，	今天我們在此地一分別，
孤蓬萬里征 ❸。	你像斷根飛蓬萬里遠行。

浮雲遊子意，	白雲飄浮猶如遊子心意，
落日故人情。	落日緩緩乃是故人深情。
揮手自茲去，	揮一揮手從此各奔前程，
蕭蕭班馬鳴 ❹。	別離的馬兒也蕭蕭哀鳴。

❶ 郭：外城。古人在城的外圍加築的一道城牆。

❷ 白水：在陽光映照下閃閃發光的流水。

❸ 孤蓬：即蓬草。枯後根斷，隨風飄轉，常用以比喻旅人生活飄泊不定。

❹ 蕭蕭：馬嘶聲。班馬：離群的馬。

【賞析】

　　第一二句以青山對白水，北郭對東城的對偶句描繪出離別的環境。離開這個山水如此優美的地方自然捨不得，再加上別情更是難堪。所以三四句的離開銜接十分流暢。第四句寫友人像斷根飛蓬孤獨地萬里遠行，情調感傷，說明友人並非前程光明，而是茫然不可知，這就更增加離情別緒。第五句寫友人像浮雲飄浮行蹤不定，連落日都遲遲下沉表示出離情。最後二句寫離別了，不但人依依不捨，連馬兒都為別離而長嘶悲鳴。

　　這首詩通過落日與馬兒都為人的別離而哀傷，人的情緒的惆悵反而不寫，把景物擬人化，從人的情緒的影響方面去寫，這種表現手法比正面寫效果更佳。

【 題解 】

　　天寶十三載（公元 754 年）李白來到宣城（今安徽省宣城市），遊清溪，寫下了這首詩。

　　清溪在池州秋浦縣北五里，唐代宗永泰元年（公元 765 年）以前，池州屬宣城郡。詩中描繪了清溪明麗的水色山光，抒發了詩人長年漂泊在外的悲苦心情。

【 譯注 】

清溪清我心，	明淨的清溪清洗我的心，
水色異諸水。	水色與一般水流迥相異。

借問新安江 ❶，　　　　　　　　請問名聞遐邇的新安江，
見底何如此？　　　　　　　　哪能像清溪如此的見底？
人行明鏡中，　　　　　　　　遊人彷彿行走在明鏡中，
鳥度屏風裡 ❷。　　　　　　　鳥兒好像飛翔在畫屏裡。
向晚猩猩啼，　　　　　　　　日暮時分聽到猩猩鳴啼，
空悲遠遊子。　　　　　　　　漂泊遠方的遊子空悲泣。

❶　新安江：源出安徽省南部，東南流到浙江省入錢塘江。

❷　屏風：借喻層巒疊嶂如屏風般排列。

【賞析】

　　開頭四句極寫清溪水的清澄明澈遠超過其他水流。「異諸水」，與諸水迥異，即言有特殊的美。把它和水流清澈的新安江相比，說超過新安江，可見其特異。

　　五六句描寫清溪山水的透剔空靈，宛如一幅圖畫。這兩句十分有名，它脫胎自王羲之的《鏡湖》：「山陰路上行，如在鏡中遊」，但有所創新。不但寫山，而且寫水。「行」與「度」兩個動詞，以動襯靜（明鏡的湖水是靜，人行是動；層巒疊嶂是靜，鳥度是動），使山水具有了生命，鮮活地展現在人們眼前。

　　第七句中的猿啼，給恬靜的風景增加了淒厲的氣氛，畫面中出現了生物的聲音（五六句中的「人行」與「鳥度」是無聲的），從另一方面顯示景物的美質。最後一句「空悲遠遊子」作結，與第一句「清溪清我心」遙相呼應。首句說清溪能使他從悒鬱解脫出來，最後又回到悲戚憂傷的情網中。情緒起伏跌宕，通過完整有變化的結構表現出來。

夜泊牛渚懷古

【題解】

　　這首詩可能是天寶十三載（公元 754 年）李白遊金陵時所作。詩題下李白自注云：「此地即謝尚聞袁宏詠史處。」相傳晉人袁宏少時貧寒，靠運租為生。當時鎮西將軍謝尚鎮守牛渚，並乘月夜泛舟遊玩，聽到袁宏在運租上吟誦己作《詠史詩》，讚賞不已，於是邀他上船傾讀至天明，從此袁宏聲名遠播遐邇。

　　李白在清秋月夜，舟泊牛渚，想起袁宏的故事，對自己雖有詩才，卻不能像袁宏那樣遇到知音，施展才華，不免黯然神傷。

　　牛渚，牛渚山。在安徽省當塗縣西北，山的北端突入江中，就是采石磯。

【譯注】

牛渚西江夜 ❶，	牛渚山西江的一個靜夜，
青天無片雲。	天空青碧不見一絲白雲。
登舟望秋月，	登上船板仰望皎潔秋月，
空憶謝將軍 ❷。	徒然令人追憶起謝將軍。
余亦能高詠 ❸，	我也能如袁宏高聲吟詠，
斯人不可聞 ❹。	只可惜謝將軍無緣聽聞。
明朝掛帆去，	明早我就掛起船帆遠去，
楓葉落紛紛 ❺。	離開時唯見楓葉落紛紛。

❶ 牛渚西江：古時稱從江西到南京一段的長江為西江，牛渚山就在西江中。

❷ 謝將軍：謝尚。

❸ 高詠：指擅長吟詩，有詩才。

❹ 斯人：此人，指謝將軍。

❺ 楓葉：落葉喬木。葉掌狀三裂，緣邊細鋸齒，秋季變紅色。

【賞析】

第一二句點明時間（夜）、地點（牛渚西江）、季節（秋高氣爽，萬里無雲），第三句登舟望月，開啟了第四句的一番不遇知音的感慨。這二句與題目「夜泊懷古」相應。末二句是想像，想像明朝離別時的孤獨情景與惆悵情懷，在紛紛飄落的蕭瑟氣氛中獨自揚帆遠去。

這是一首五律，字句的平仄韻腳完全符合要求。但律詩一般是頷聯（三四句）與頸聯（五六句）均要求對偶，但這首詩全無對仗。這是為了內容表達的需要，可見形式是束縛不住李白的，形式乃為我所用的。

宣城見杜鵑花

【題解】

這首詩是天寶十四載（公元755年）李白寫於宣城的，那時詩人已經五十五歲。客居他鄉，暮春三月見到漫山遍野盛開的杜鵑花，不免引起了對四川故鄉的濃烈的思念情，遂寫下此詩。

宣城，今安徽省宣城市。杜鵑花，又名映山紅，因為每年在暮春杜鵑鳥啼時盛開，故又名杜鵑花。

【譯注】

蜀國曾聞子規啼 ❶，	在蜀國曾經聽過子規悲啼，

宣城還見杜鵑花。　　　　　　現在於宣城又見到杜鵑花。

一叫一回腸一斷，　　　　　　婉轉的啼聲使人柔腸寸斷，

三春三月憶三巴 ❷。　　　　　暮春三月禁不住懷念三巴。

❶　子規：即杜鵑，又稱杜宇。傳說中的古代蜀國國王，號曰望帝，後來禪讓王
　　位，其魂化為杜鵑，每當暮春輒悲鳴不已，其聲似「不如歸去，不如歸去」，
　　直到啼叫得出血。其聲勾引起旅客的歸思。

❷　三春：指暮春。農曆正月稱孟春，二月稱仲春，三月稱季春。三巴：指巴郡
　　（今重慶市一帶）、巴東郡（今重慶市奉節縣東北）、巴西郡（今四川省閬中市
　　一帶，李白的故鄉是綿州，唐時屬巴西郡）。

【賞析】

　　這首詩第一二句語序倒置，先虛後實。照理是詩人在宣城見到像血
一般紅艷的杜鵑，然後想到以往在蜀國時的子規把血都吐出來的啼聲。但
詩中時空交錯，詩人已分不清這一片的紅是子規的啼血還是杜鵑的本有色
澤，於是詩中出現了今昔交織，虛實相生，迷離惝恍的境界。

　　最後二句對得非常工整，三個「一」字與三個「三」字，用得巧妙，
寫出了詩人思鄉之情的綿延不絕。讀起來不但不覺重複拖杳，反而有迴環
重疊的音律美。

贈汪倫

【題解】

　　李白十分注重友情，這與他的好任俠分不開。他寫了為數不少描寫友情的詩作，《贈汪倫》是最為膾炙人口的一首。

　　這首詩是天寶十四載（公元 755 年），李白寓居宣城，遊歷皖南涇縣桃花潭後贈給友人汪倫的。汪倫是當地一位村民，常釀美酒招待李白，李白離開時以詩相贈，據說汪倫後裔迄今仍寶其詩。

【譯注】

李白乘舟將欲行，　　　　　我乘上船馬上就要開行，

忽聞岸上踏歌聲❶。　　　　忽然聽到岸上有踏歌聲。

桃花潭水深千尺❷，　　　　桃花潭的水縱有千尺深，

不及汪倫送我情。　　　　　都不如汪倫送我的深情。

❶　踏歌：古代一種集體歌舞形式，人們手拉手，以腳踏地，邊歌邊舞。

❷　桃花潭：在安徽省涇縣西南四十公里青弋江邊的翟村。潭在懸崖陡壁下，水深
　　數丈，清澈見底。

【 賞 析 】

　　詩不是作出來的，而是寫出來的，是情感滿溢心懷，不能不吐露出來
的，這樣的詩才是好詩。這首詩是李白深受友情的感動的自然流露。我們
看不到一絲一毫矯揉做作的痕跡，一切都是信手拈出那麼自然而真切，這
是此詩能千古傳誦的主要原因。

　　詩的前半是敘事，後半是抒情。

　　第一句寫自己將要離去。李白一生漫遊天下，結識眾多朋友，尤其是
到一個地方匆匆又離去，並未與人有深厚交往，離別自然不會想到有人送
行，也自然無有離情別緒。正如徐志摩所寫的：「輕輕的我走了，正如我
輕輕的來；我揮一揮衣袖，不帶走一片雲彩。」

　　但是沒有想到竟然有人來相送。不是用哀愁的音樂，而是用集體一邊
歌唱，一邊用步點踏出節奏的踏歌，這不能不使李白覺得這位朋友（汪倫）
是知己，這種送法與李白的浪漫的性格正相符合。汪倫在李白逗留桃花潭
期間，常饗之以美酒，走時又饗之以美妙的歌舞，使李白覺得他對自己的
情意深過千尺的桃花潭。潭水其實只有數丈，李白使用誇張手法，表現友
情的深摯。

這種寫法妙處有二：一為比擬加襯托，不說友情深似千尺潭水，而是說千尺潭水比不上友情深，友情有多深，就無法測度了；二為顛倒比擬的通常順序，先說喻體（桃花水），後說本體，更顯自然真實。於是這比喻就更富創造性了。

　　李白這首小詩，使得桃花潭成為名勝古跡，「桃花潭水」也成為抒寫離情的典故，此詩的魅力可見一斑。

永王東巡歌（十一首選二）

永王名李璘，唐玄宗李隆基的第十六子，是唐肅宗李亨的弟弟。

唐肅宗至德元載（公元 756 年）十二月，李璘以平叛（安祿山）為名，率水師順江東下。途經九江時，曾三次派人到隱居廬山的李白住處，聘請李白為隨軍幕僚。李白思想單純，未料到李璘此行是為了擴張勢力，與李亨封抗。於是參加了李璘幕府，在隨軍東下的路途中，寫下《永王東巡歌》十一首這組詩。詩中歌頌了永王出師東巡的壯舉，並抒發了自己的雄心壯志。

【譯注】

其二

三川北虜亂如麻 ❶，	洛陽一帶叛軍橫行亂如麻，
四海亂奔似永嘉 ❷。	百姓紛紛南逃世亂如永嘉。
但用東山謝安石 ❸，	只要起用隱居東山謝安石，
為君談笑靜胡沙 ❹。	就能談笑間為你平定天下。

❶ 三川：秦時郡名。治所在今河南省洛陽市東北，因有伊水、洛水、黃河三川而
　得名。北虜：指安祿山叛軍。

❷ 永嘉：晉懷帝年號，晉永嘉五年（公元 311 年），前趙匈奴族君主劉曜攻陷洛
　陽，俘虜懷帝，縱兵燒殺搶掠，中原人士相率逃到南方避難，世稱永嘉之亂。
　唐天寶十五載（公元 756 年），安祿山攻陷洛陽長安，官吏百姓紛紛南奔，歷
　史悲劇重演。

❸ 謝安石：即謝安。東晉人，字安石。曾隱居在東山（今浙江省紹興市上虞區）。
　晉武帝太元八年（公元 383 年），前秦君主苻堅率大軍南侵，晉起用謝安為大
　都督，大破苻堅百萬大軍於淝水（今安徽省），捷報傳來時，他正在與客人下
　棋呢！這裡李白以謝安自比。

❹ 君：指皇帝。談笑：從容不迫地決定作戰策略。胡沙：猶言胡塵，指安祿山叛
　亂勢力。靜胡沙：平定叛亂。

其五

二帝巡遊俱未迴❶，　　　　二帝逃亡在外都沒有回歸，
五陵松柏使人哀❷。　　　　五陵松柏被砍伐使人悲哀。
諸侯不救河南地❸，　　　　諸侯不肯出兵去救河南地，
更喜賢王遠道來。　　　　　更可喜的是永王遠道而來。

❶ 二帝：指唐玄宗、唐肅宗。當時玄宗避難蜀地，肅宗即位靈武（今寧夏），俱
　　未回長安。巡遊，即巡幸，本指帝王離京到各地視察，此地指逃亡。

❷ 五陵：指唐玄宗以前的高祖、太宗、高宗、中宗、睿宗五個皇帝的陵墓。

❸ 諸侯：各區的節度使（軍政長官）。河南地：指洛陽一帶，當時安祿山攻陷洛
　　陽稱帝。

其十一

試借君王玉馬鞭❶，　　　　想借用君王美玉飾的馬鞭，
指揮戎虜坐瓊筵。　　　　　控制叛軍在精美的宴席間。
南風一掃胡塵靜❷，　　　　南軍一來叛軍被消滅乾淨，
西入長安到日邊❸。　　　　軍隊西入長安到皇帝身邊。

❶ 玉馬鞭：喻軍權。此句實在意思是試向永王借用君王賜給的軍權。

❷ 南風：指永王的軍隊，因其軍隊在南方。也取南風和暖之意。

❸ 日：象徵皇帝。

【 賞析 】

其二：第一二句寫時局，呈現出叛軍橫行天下大亂的情景。三四句寫自己不但有為國效勞的抱負，而且有這種才能，以淝水之戰中從容不迫，指揮若定，使率領百萬大軍的苻堅大敗而逃的謝安自比，說明李白自視甚高。可惜的是他一生都未能盡展抱負。

其五：第一二句形象道出當時京師淪陷情景。第一句寫事，第二句寫景，極具代表性。三四句用鮮明對比，表揚永王能在時局極端危急，皇帝蒙難，各節度使都袖手旁觀之時帶領南軍平叛。可喜可敬。

其十一：在第一首中李白自比謝安，能運籌帷幄，談笑用兵。這首更進一步想像自己能向永王借得兵權，平定叛亂，晉見皇帝。第一句用鑲玉的馬鞭比喻軍事指揮權十分貼切。第二句中把敵人任由自己擺佈說成「指揮戎虜」，「指揮」二字用得奇妙，是獨創性。

西上蓮花山（《古風五十九首》之十九）

【題解】

這首詩是唐肅宗至德元載（公元 756 年）安祿山造反攻陷洛陽後寫的。詩中表現出輾轉在叛軍鐵蹄下的中原百姓的災難的無限同情。

這是一首遊仙詩，遊仙詩是古詩的一種，始於晉代，是借描述在仙境中與仙人交往，以寄託思想感情的詩歌。

蓮花山，即今陝西省華陰市的華山西面最高峰，峰頂有池，生千葉蓮花，故名。

【譯注】

西上蓮花山，	向西行登上華山蓮花峰，
迢迢見明星 ❶。	遠遠的眺望那仙女「明星」。
素手把芙蓉 ❷，	仙女的玉手持朵朵芙蓉，
虛步躡太清 ❸。	輕盈腳步登上太虛仙境。
霓裳曳廣帶，	廣長裙帶牽引五彩霓虹，
飄拂升天行。	飄拂着冉冉地升上天空。
邀我登雲臺 ❹，	邀請我登上北面雲臺峰，
高揖衛叔卿 ❺。	恭敬地訪問仙人衛叔卿。
恍恍與之去 ❻，	恍惚之中與他飄然而去，
駕鴻凌紫冥 ❼。	駕着鴻雁飛上高高天空。
俯視洛陽川，	低下頭俯視洛陽的河川，
茫茫走胡兵 ❽。	茫茫一片是叛軍在橫行。
流血塗野草，	血流成河塗染野地荒草，
豺狼盡冠纓 ❾。	豺狼都帶上官吏的冠纓。

❶ 明星：神話傳說中的華山仙女名。

❷ 芙蓉：蓮花。

❸ 太清：天空。

❹ 雲臺：雲臺峰。華山北面的高峰。山勢險峻。

❺ 高揖：長揖。古代禮節，雙手圍拱高高舉起，從上向下。衛叔卿：傳說中的仙
人，服雲母成仙。漢武帝曾派使者隨衛叔卿的兒子到華山求見衛叔卿。

❻ 之：指衛叔卿。

❼ 紫冥：高空。

❽ 胡兵：指安祿山、史思明的叛軍。

❾ 豺狼：指叛軍的部屬。

【賞析】

詩的前十句寫詩人在仙境漫遊的情景，描繪了仙界的超凡美麗。但詩人並不樂不思蜀，而是俯視下界生活在叛軍屠殺下的民眾。那血流成河浸濕草莽的景象，使他對那些衣冠禽獸詛咒不已。仙境的美好與人間的血腥，詩中是對照着寫的，更加顯示叛軍的殘暴與醜惡。

早發白帝城

【題解】

　　這首詩的寫作年代，有兩種說法。一說作於初次出蜀的青年時期，表現詩人一往無前的氣概；一說作於晚年，至德二載（公元 757 年）十二月李白因參加永王李璘部隊，被判罪流放夜郎（今貴州省桐梓縣），從江西潯陽起行，經過一年多艱辛的流放生涯，到達白帝城。乾元二年（公元 759 年）二月，朝廷因關中大旱，為平定民心，宣佈大赦，李白也在獲赦之列，於是迫不及待地放舟回江陵。詩中表現了返回江陵的急切，以及遇赦後分外輕鬆喜悅的心情。從詩中的第二句用「還」字，可見以往曾從江陵上過三峽，因此，第二說較為合理。

　　白帝城，在今重慶市奉節縣東的白帝山上，西漢末公孫述所建。述自號為白帝，因以為名。

此詩一作《白帝下江陵》或《下江陵》。

【譯注】

朝辭白帝彩雲間 ❶，	清晨辭別彩霞繚繞的白帝城，
千里江陵一日還 ❷。	薄暮就抵達千里之遙的江陵。
兩岸猿聲啼不住 ❸，	三峽兩岸的猿猴不停地啼叫，
輕舟已過萬重山 ❹。	順流的小舟已越過萬重山嶺。

❶ 彩雲間：白帝城在山上，地勢極高，所以說它矗立在彩雲間。

❷ 江陵：今湖北省江陵縣，從白帝城到江陵縣一千二百里，詩中說里是指其整數。

❸ 兩岸猿聲啼不住：《水經注‧江水》載：三峽峽長七百里（實測為一百八十九公里），兩岸連山，有高猿長嘯，空谷傳響，哀轉久絕。啼不住：啼叫個不停。

❹ 輕舟：輕快的船，水是順流而下，船身顯得很輕，故言輕舟。

【賞析】

　　李白這首詩脫胎自《水經注‧江水》中的記載：「自三峽七百里中，兩岸連山，略無闕處，連巖疊嶂，隱天蔽日……至於夏水襄陵（夏天水漲，漫過丘陵），沿溯（逆流而上）阻絕。或王命急宣，有時朝發白帝，暮宿江陵，雖乘奔御風，不以疾也（雖然乘奔馬駕疾風，也沒有這麼快速）。……每至晴初霜旦（下霜的清晨），林寒澗肅（樹林和山澗蕭瑟淒涼），常有高猿長嘯，屬引淒異（音調淒慘怪異），空谷傳響，哀轉久絕。

故漁者歌曰：『巴東三峽巫峽長，猿鳴三聲淚沾裳（寫於人聽到猿聲的哀鳴不禁引起思鄉之念而淚濕衣裳）。』」

　　以上是古代描寫三峽風光十分有名的一段文字，但其作者只是客觀的敘述。我們可以看到山水迷人的情態，但感受不到作者在其中注入的感情，李白的這首詩則迥異。山水風景注入了詩人強烈的主觀情思，讀到「千里江陵一日還」以及「輕舟已過萬重山」之時，我們不但感覺到舟之輕，更感覺到詩人心情之輕（輕鬆愉悅）。

　　詩中還有幾點創造值得注意。《水經注》中用二十五個字寫從白帝到江陵朝發暮至，而李白只用七個字就表達出來，而且以「千里」的廣闊空間與「一日還」的短暫時間相對比表現舟行之迅速，予人以立體感。又《水經注》中寫猿群哀啼與輕舟飛渡毫無關聯，而李白則將它們緊緊結合在一起。寫猿聲尚未落定，而輕舟已駛過萬重山。還避開猿啼之哀的描述，似乎猿聲為其愉快的旅途伴奏，蓋因猿聲無所謂哀樂，只是人的心情有哀樂而已。又第一句極寫白帝城之高，也是給後面寫輕舟順流而下之疾速作準備，照應非常周詳。

秋登巴陵望洞庭

【題解】

　　唐肅宗乾元元年（公元 758 年）春，李白因永王李璘幕府事件流放夜郎。次年春，李白行至夔州白帝城（今重慶市奉節縣），遇赦獲釋，馬上乘舟返江陵；然後到岳陽，遊洞庭、瀟湘，這首詩即寫於這一年的秋天。此時李白已經五十九歲了。

　　巴陵，唐郡名，就是岳州，在今湖南省岳陽市一帶。詩中說「登」巴陵，可見不是指巴陵郡，而是指岳州府城南的巴丘山，一名天岳山。洞庭湖在岳州府城西南（今湖南省北部）。

　　這首詩寫在巴丘山遠眺洞庭湖的秋天景色，抒發了青春已逝，自己已屆暮年，卻一事無成的哀傷。

【譯注】

清晨登巴陵，	清晨時分登上了巴丘山，
周覽無不極❶。	放眼四周可看得非常遠。
明湖映天光，	明澈湖水映着碧藍的天，
徹底見秋色。	秋色在水底徹底地呈現。
秋色何蒼然，	秋色展陳出來蒼翠一片，
際海俱澄鮮❷。	直到海際都是清澄明鮮。
山青滅遠樹❸，	青翠的山色與遠樹融連，
水綠無寒煙。	碧綠的湖面上不見靄煙。
來帆出江中，	白帆出現在遙遠湘江中，
去鳥向日邊。	鳥兒亦紛紛的飛向日邊。
風清長沙浦❹，	長沙浦的風兒多麼淒清，
霜空雲夢田❺。	雲夢澤的上空寒霜滿天。
瞻光惜頹髮❻，	瞻望時光嘆惜鬢髮稀白，
閱水悲徂年❼。	俯視流水哀惋消逝華年。
北渚泛蕩漾❽，	北邊小洲在湖波中蕩漾，
東流自潺湲。	東去的流水正緩緩向前。
郢人唱《白雪》❾，	郢地的少年吟誦了《白雪》，
越女歌《採蓮》❿。	越地的少女歌唱起《採蓮》。
聽此更腸斷，	聽到這些歌聲令人更腸斷，
憑崖淚如泉。	我倚靠着山崖淚下如湧泉。

❶ 無不極：因為是登高遠望，所以四周都能看到極遠處。

❷ 際海：即海際，海指洞庭湖。古代有時亦稱大的湖泊為海。

❸ 滅：是指山的青綠與樹的青綠交融在一起。

❹ 浦：水邊或河流入海的地方。長沙浦是指自長沙流入洞庭的水，即指湘江。

❺ 雲夢田：即雲夢澤。古代指橫跨武漢長江南北，方圓幾百里的一片沼澤地帶，洞庭湖包括在其範圍內。

❻ 光：日月之光。頹鬢：頭髮衰頹，變得稀白。

❼ 徂年：逝去的歲月。

❽ 渚：水中小洲。《九歌》：「帝子（湘水女神）降兮北渚。」

❾ 郢人：楚地的人。郢，春秋戰國時楚國的都城。《白雪》：即《陽春白雪》，古代楚地歌曲名。

❿ 越女：越地之女子。越是春秋時國名。建都會稽（今浙江省紹興市）。《採蓮》：即《採蓮曲》。

【賞析】

　　詩可分三部分來讀，頭六句為第一部分。首二句點明登高臨遠，接着四句概括描寫洞庭湖澄明的秋色；七至十二句為第二部分。細緻刻畫眼中景物：山青樹亦青，混融成一片。水色縹碧，空氣都是透明的，沒有一絲煙靄；七至十句寫了靜物；十一、二句寫動態。「帆出江中，鳥飛日邊」，前者由遠而近，後者自近而遠，與前面的靜景相配合，使畫面更為出色。第三部分為末八句。寫詩人「瞻光」與「閱水」。思及韶華已逝，青春不再。頭髮已經稀白，自己已步入垂老之年，卻仍然一事無成，不禁悲愁滿懷，再聽到「郢人」和「越女」的歡唱，瞻望自己渺茫的前程，悲不自禁，淚如泉湧。

廬山謠寄盧侍御虛舟

【題解】

此詩可能是上元元年（公元 760 年）李白遇赦後由江夏來到廬山時作。詩中極寫廬山的壯麗景色，抒發了詩人想擺脫現實的苦惱與束縛，完成求仙訪道，縱情山水的宿願。時李白已年六十。

盧虛舟，字幼真，唐代范陽（今北京市大興區一帶）人，唐肅宗時曾任殿中侍御史（掌管殿廷儀衞及糾察京城），故稱盧侍御。

謠，徒歌。不用樂器伴奏的歌唱。這裡泛指詩歌。

【譯注】

我本楚狂人❶，　　　　　　　我本來是楚國的狂人，
鳳歌笑孔丘。　　　　　　　　高唱着鳳歌譏笑孔丘。
手持綠玉杖，　　　　　　　　手中持仙人用的手杖，
朝別黃鶴樓❷。　　　　　　　清晨時分辭別黃鶴樓。
五岳尋仙不辭遠❸，　　　　　去五岳尋仙我不辭路遙遠，
一生好入名山遊。　　　　　　一生之中就愛入名山遨遊。
廬山秀出南斗旁❹，　　　　　廬山清秀突出在南斗星旁，
屏風九疊雲錦張❺。　　　　　屏風疊如雲霞錦繡般開張。
影落明湖青黛光❻。　　　　　倒影映湖中閃爍青黑光芒。
金闕前開二峰長❼，　　　　　金闕巖前兩座山峰高千丈，
銀河倒掛三石梁❽。　　　　　三疊泉水流如銀河掛石梁。
香爐瀑布遙相望，　　　　　　香爐峰瀑布與它遙遙相望，
迴崖沓嶂凌蒼蒼。　　　　　　環崖疊嶂凌駕於青天之上。
翠影紅霞映朝日，　　　　　　青翠山影與清晨紅霞輝映，
鳥飛不到吳天長。　　　　　　吳天寥廓鳥兒飛不到邊疆。
登高壯觀天地間，　　　　　　登上峰巔舉目四顧天地間，
大江茫茫去不還。　　　　　　茫茫長江浩蕩流去不復返。
黃雲萬里動風色，　　　　　　萬里黃雲預示風雨將來到，
白波九道流雪山❾。　　　　　長江九派波濤洶湧如雪山。
好為廬山謠，　　　　　　　　我喜歡作廬山的歌謠，
興因廬山發。　　　　　　　　此興致乃廬山所引發。
閒窺石鏡清我心❿，　　　　　平靜照石鏡清滌我的塵心，
謝公行處蒼苔沒⓫。　　　　　謝公行過處已被青苔覆沒。

早服還丹無世情 ❷，	我早已服仙丹斷絕世俗情，
琴心三疊道初成 ❸。	初步達到了平靜和諧之境。
遙見仙人彩雲裡，	遠遠地看見仙人在彩雲裡，
手把芙蓉朝玉京 ❹。	手捧蓮花正朝向天空進呈。
先期汗漫九垓上 ❺，	我與仙人約會於九天之上，
願接盧敖遊太清 ❻。	希望攜盧虛舟齊遨遊仙境。

❶ 楚狂人：即楚人陸通，字接輿。春秋楚昭王時的狂士，因為見到當時政治混亂，披髮佯狂以避免出仕作官，人稱楚狂。據說孔子遊楚國，接輿唱着《鳳歌》從他車旁走過。歌詞云：「鳳兮鳳兮！何德之衰。往者不可諫，來者猶可追。已而已而！今之從政殆而！」意思是現在道德衰敗，從政的人很危險，應該隱居起來以避免禍患才是。詩中李白以楚狂自比；不滿現狀，有歸隱避世之意。

❷ 黃鶴樓：在今湖北省武漢市蛇山的黃鵠磯，面臨長江。傳說有位仙人叫王子安的曾乘黃鶴飛過，故名。李白是從湖北去江西廬山的，所以說「朝辭黃鶴樓」。

❸ 五岳：即中岳嵩山、東岳泰山、南岳衡山、西岳華山、北岳恒山，這裡不是專指那五座山，而是泛指天下名山。

❹ 南斗：星宿名。古代認為廬山所在地區分野屬於南斗星。

❺ 屏風九疊：一說指廬山的九疊屏，又名屏風疊。一說乃形容山峰疊立有如屏風重疊。

❻ 明湖：指清澈明淨的鄱陽湖。

❼ 金闕：即金闕巖，又名石門山，其形似雙闕（門）。二峰指香爐峰和雙劍峰。

❽ 三石梁：指屏風疊附近的三疊泉，泉水三折而下，如銀河倒懸在石梁（橋梁）之下。

❾ 九道：即九派。長江流至潯陽（今江西省九江市）分為九道。

❿ 石鏡：即廬山石鏡峰。在東山懸崖之上，其狀團圓，近之可照見形影。

⓫ 謝公：南朝宋代詩人謝靈運，他遊廬山時曾到石鏡峰。

⓬ 還丹：道家煉丹砂成水銀，再煉水銀成丹砂，故稱還丹。道教認為服用可以成仙，長生不老。

⓭ 琴心三疊：道教認為人身上的丹田分為上中下三處，修道練功的人能使三丹田和積成一個，叫做琴心三疊。琴，和的意思；疊，積的意思。

⓮ 玉京：道教稱天帝所居的處所。

⓯ 汗漫：原來是廣泛，漫無邊際的意思。這裏指造物主。

⓰ 盧敖：戰國末期燕國人。秦始皇曾派遣他去海外求神仙，一去不返。據《淮南子‧通應訓》載：盧敖遊北海，見一形貌古怪的人，邀他同遊。那人說：「我已和汗漫相約於九天之外，不可久留。」說罷跳入雲中。這裏盧敖借指盧侍御。

【 賞 析 】

　　詩一開始就用楚狂接輿規諷孔子的典故，並以楚狂自比，說明了自己對現實的失望而思避世隱居的心態。接着三至六句開門見山道出自己將浪跡名山，尋仙訪道去。

　　接着中間一大段用了十三句從不同的角度極力描繪廬山的雄奇壯麗。其間不但寫山，還寫水，把廬山和鄱陽湖和長江接合起來寫。山光水色，交相輝映。使詩人「一生好入名山遊」更具說服力。心胸廣闊，心鏡不染塵埃的詩人自然與紅塵滾滾的俗世格格不入，也給後面的堅定離開俗世訪道求仙打下了基礎。

　　最後部分以「好為廬山謠，興因廬山發」來過渡，扣緊題目。在堅定自己意願的同時，還希望盧虛舟能引退與自己遨遊太清去。

　　這首詩可以看成是廬山詩的絕唱，最重要的不是技巧，而是李白的氣魄，沒有李白雄偉壯闊的氣魄斷斷寫不出廬山充塞天地的磅礡氣勢。

勞勞亭

【題解】

　　勞勞亭，故址在今南京市西南勞勞山上。為三國時吳所築，古代送別之處。勞勞，愁苦失意的樣子。古詩《孔雀東南飛》寫焦仲卿與妻子劉蘭芝不得已離開時有「舉手長勞勞，二情同依依」之句。亭名蓋取此意。

　　這首詩通過詠勞勞亭抒發別離的哀傷。

【譯注】

天下傷心處，　　　　　　　　天下最令人傷心欲絕之處，
勞勞送客亭。　　　　　　　　應該數送別客人的勞勞亭。

春風知別苦，　　　　　　　　　　連春風也知曉別離的痛苦，

不遣柳條青❶。　　　　　　　　　　它遲遲都不肯讓柳條返青。

❶　不遣：不讓。古人送別親友時有折柳相贈的習俗。柳樹長條低垂，臨風依依，

　　有惜別挽留之意，「柳」與「留」之音相諧。

【賞析】

　　這首詩第一二句平鋪直敘，沒有什麼突出之處。三四句的想像力令人震驚。詩寫的是人為別離而傷情，詩中卻寫成春風為人世間的離情別緒所感動，遲遲不讓路旁的柳條發青，用以阻止人們的別離。可見在李白看來，萬物皆有情，不僅僅是人。把它說成為一種擬人化的寫作手法，是「將自己投入自然界」的「移情」現象，而不把它看成是「人天合一」的哲理情思貫徹於詩中，並沒有完全讀懂這首詩。

哭宣城善釀紀叟

【題解】

　　這是一首憑弔宣城一位姓紀的老翁而寫的詩。這位老翁善於釀酒，李白嗜酒，自然一見如故，而成為密友。紀叟去世，李白痛失知己，寫了這首詩表達悼念之情。

　　詩可能寫於上元二年（公元 761 年）李白晚年遊宣城時。此詩又題《題戴老酒店》，內容亦有異：「戴老黃泉下，還應釀大春。夜臺無李白，沽酒與何人？」

【譯注】

紀叟黃泉裡 ❶，	紀叟您到了黃泉之下，
還應釀老春 ❷。	定然續釀香醇的老春。
夜臺無曉日 ❸，	陰暗的地府裡無白日，
沽酒與何人？	你把美酒賣給什麼人？

❶ 黃泉：本指地下的泉水，亦指人死後埋葬的地穴，或指陰間。

❷ 老春：酒名，唐代多以春給酒命名，如「土窟春」、「石凍春」等。

❸ 夜臺：即墳墓。因為墓穴一合，再見不到光明。

【賞析】

　　這首悼念死者的詩，最主要特色是詩中排除了一般悼詩必有的哀傷字眼，而把這種情感浸濡在字裡行間來表達。

　　第一二句想像紀叟在黃泉裡繼續釀製香醇的老春酒，三四句可以有兩種讀法，第一種為李白關心紀叟生活，陰間永遠是那麼漆黑，不知所釀的美酒可以賣給什麼人。因為紀叟在人間是以釀酒為生。第二種可以看成是紀叟對李白的回答，表明自己在陰間生活無著。有的版本作「夜臺無李白，沽酒與何人？」說明陰間無有如李白般善飲的人，無人識貨，美酒白釀，沽給誰人？可見二人的關係已達生死齊一的地步。

　　這首詩不但未流露悲痛之情，反而語出幽默，讀者在笑中看到眼淚，更顯得沉痛。

覽鏡書懷

【題解】

　　這首七言古詩是李白晚年之作。可能是寫於唐代宗寶應元年（公元 762 年），那時他已六十二歲。他在鏡前覽照，見到自己已經白髮蒼蒼，形影枯槁。想到自己一生坎坷，壯志未酬，不禁感慨萬端，寫了這首詩以抒情懷。其中表現出這位老詩人雖然已屆暮年，但壯心未泯。

【譯注】

得道無古今 ❶，　　　　　　　　修道成仙的人長生不死，
失道還衰老。　　　　　　　　　凡夫俗子瞬間變得衰老。

自笑鏡中人，	我對着鏡中人自覺可笑，
白髮如霜草。	白髮蒼蒼猶如經霜的草。
捫心空嘆息，	撫摸胸口不禁連連嘆息，
問影何枯槁 ❷ ？	問身影，你為何如此枯槁？
桃李竟何言 ❸ ，	恍若桃李有什麼話可說，
終成南山皓 ❹ 。	希望最終成為商山四皓。

❶ 得道：佛教、道教的教徒把虔誠信教而成佛成仙，稱為得道。這裡指信奉道教修行成仙。無古今：時間對他已不起作用，即長生不老。

❷ 枯槁：形容人瘦弱，面色不好看。

❸ 桃李竟何言：《漢書·李廣傳贊》中有「桃李不言，下自成蹊」的話。意思是說桃李樹不必向人打招呼，但人們因它的花果而爭相趨往，致使樹下走出一條路來。本來是比喻不多說話而靠實際去做成果豐碩的人，人們自然愛戴而歸向。此句話用典故說自己雖有才能，卻無施展的機會，又有什麼話可說呢？

❹ 南山皓：即商山四皓。商山，一名南山，在今陝西省商洛市商州區東南。相傳秦末漢初有東園公、綺里季、夏黃公、用（音路）里先生四個老人隱居於此，因為他們鬚鬢頭髮全白，所以叫四皓（皓，鬚髮全白，後來成為老人的代稱）。西漢初，高祖屢次徵聘不至，後來呂后用張良計策，把他們迎來輔佐太子，高祖見太子羽翼已成，消除了改立趙王劉如意為太子的意圖。可見四皓極具威望。

【賞析】

這首詩可分三部分。

發端兩句為第一部分：說得道成仙者能青春長駐，而失道的凡夫俗

子則瞬間衰老，走向生命的盡頭；中間四句為第二部分：寫照鏡看到自己白髮蒼蒼，形容枯槁，先是啞然失笑，接着是嘆息不已，對自己壯志未酬深感無奈；最後二句為第三部分：用了兩個典故。一方面抒發自己縱有才華，但施展無從，徒喚奈何，最後仍表示自己雖然已屆暮年，但壯心未已。

　　詩毫不雕飾，結構亦自然。從發端到覽鏡到抒寫懷抱極有層次地展出，順暢無阻。中間四句寫自己的老態，情緒融貫其中，頗為飽滿。

臨路歌

【題解】

　　唐代宗寶應元年（公元 762 年）冬，李白在安徽省當塗縣族叔李陽冰家病逝，享年六十二歲。李華在《故翰林學士李君墓誌銘序》中說：李白「賦《臨終歌》而卒」，可能指的就是這首詩，「路」字當為「終」字之誤。所以說這首可視為李白的絕筆詩。

　　從這首詩可以看出李白臨終之前，對自己畢生未能施展抱負感到的憾恨，不過他仍堅信自己的詩作必能經得起時間的考驗，垂名萬世。

【 譯注 】

大鵬飛兮振八裔 ❶，　　　　大鵬展翅高飛啊振撼八方，
中天摧兮力不濟。　　　　　翅膀半空折斷啊無力翱翔。
餘風激兮萬世，　　　　　　遺留下來的風力萬世激盪，
遊扶桑兮掛石袂 ❷。　　　　遊日出處左袖掛扶桑木上。
後人得之傳此，　　　　　　鵬翼折斷消息後人將傳揚，
仲尼亡兮誰為出涕 ❸。　　　孔子已逝誰為它涕淚汪汪。

❶　大鵬：傳說中的一種大鳥，飛得又高又快。李白在許多篇作品都以此鳥自比，
　　說明自己的遠大抱負。八裔：八方邊遠的地方。

❷　扶桑：古代神話中的樹木名。傳說是太陽上升的地方。石袂：石是左之誤。左
　　袂：左邊的衣袖。袂，音謎。

❸　仲尼：即孔子，仲尼是他的字。出涕：傳說春秋時魯人獵獲一隻麒麟，孔子得
　　知而流淚。因為據傳說麒麟是象徵吉祥的神獸。

【 賞析 】

　　這是李白的絕筆詩，是研究李白臨死前的生活與思想狀況最重要的一
首詩。有人說它是李白自撰的墓誌銘，很恰當。

　　李白一向以大鵬自比，如《大鵬賦》、《上李邕》、《北溟有巨魚》(《古
風》第三十三首)都對大鵬的巨大形象有十分生動的描繪，因為《莊子·
逍遙遊》中所描述的「其翼若垂天之雲」、「水擊三千里，搏扶搖而上者九
萬里（鼓動翅膀，結聚風力，乘風而上飛九萬里）」的縱橫天地所向披靡
的大鵬形象，與李白的曠蕩縱適、傲岸不群的性格是一致的。

第一句「大鵬飛兮振八裔」中的大鵬與《莊子》中以及李白以寄詩文中所寫的大鵬的形象是相通的。它寫出了李白一生的遠大志向。第二句急轉直下，寫自己飽受摧殘，羽翼中天摧折而今即將離開人世，已經無力再飛翔了。對於李白這樣一個睥睨一切、雄無所爭的人來說，承認自己的失敗是十分沉痛的，當然此失敗僅指社會政治理想方面。

　　第三四句要對調來讀，第四句說自己的衣服太長太大，舒展不便，所以東行日升之處則左袖牽掛於扶桑木上，以喻才能雖大，卻無施展迴旋之地。第三句則言自己品格和作品必能激盪萬世。第五六句則慨嘆當世之人並不會為自己的懷才不遇、中天摧折而難過。這正如杜甫在《夢李白》一詩中所說的「千秋萬歲名，寂寞身後事」（聲名流傳千秋萬代，生前卻是寂寞淒涼）。

　　並非李白一人如此，歷史上許多大人物在生前何嘗不是同病相憐呢！